KB124279

살아갈수록 인생이
꽃처럼 피어나네요

살아갈수록 인생이 꽃처럼 피어나네요

임후남 인터뷰집

평균 나이 80세,
7명의 우리 이웃 어른들의 이야기

이양구 · 서석정 · 손영자 · 염강수 · 전태식 · 박귀자 · 최영남

서문

누군가 사진을 찍으며 말했다.

"오늘이 내일보다 젊고 아름답다."

아이들이 아닌 다음에야 모두 나이를 먹으니 당연한 말이다.

모두 나이를 먹고 늙어간다. 아등바등 살아가는 젊은 시절에는 나이 든 후의 시간이 아득하다. 그러나 그 시절을 살아가는 이들에겐 살아온 시간이 아득하다.

많게는 85세부터 적게는 75세의 어른들을 만났다. 모두 꿈같은 세월이 갔다고 말했다. 가난하고, 아프고, 힘들었던 시절들도 갔고, 가슴이 설레고, 열정이 넘치고, 무엇이든 해낼 수 있었던 시절들도 갔다.

그런데 그들은 말했다. 지금이 좋다고. 지금을 살아서 참 좋다고.

고향에서 공무원 생활을 시작해 평생 고향을 위해 일하고 지금도 용인향교 전교로 일하는 이양구 씨, 교직을 떠난 후에도 레크리에이션 강사로 이곳저곳 즐겁게 뛰어다니는 서석정 씨, 일찍 남편을 여의고 고생 끝에 아들 덕으로 편안한 날들을 보내는 손영자 씨, 수교 전 중국으로 들어가 크게 사업을 일구고 지금은 아내와 함께 오순도순 살아가는 염강수 씨, 80을 바라보는 나이에 모교에서 경비로 일하는 전태식 씨, 존경했던 남편을 먼저 보낸 후 마을 사람들과 함께 마을을 위해 이런저런 일을 모색하는 박귀자 씨, 남편의 외도로 응어리진 세월을 보냈어도 자녀들과 행복한 시간을 보내는 최영남 씨.

한 사람 한 사람 이야기를 나눌 때마다 나는 가슴이 뜨거웠다. 존경심이 일었다. 때로는 가슴이 아파 인터뷰를 하면서 눈물을 흘리기도 했다.

『석세스 에이징』이란 책에는 이런 구절이 있다.

'사람들은 저마다 다른 속도로 나이 든다. (중략) 건강한 습관은 호기심, 개방성, 관계성, 성실성과 함께 건강 수명을 늘리는 코치 원칙의 한 부분을 담당한다. 지금까지 내가 만나왔던 사람들 중에서 여전히 사회와 예술, 과학, 공동체, 가족에게 기여하고 있는 사람들은 이 다섯 가지를 모두 실천하고 있다.'

나이 들어 꽃처럼 피어날 수는 없다. 그러나 나이 들수록 꽃처럼 피어나는 사람도 있다. 내가 만난 이들의 특징은 세월을 살아내고, 지금도 하루하루 성실하게 살아간다는 점이다. 젊은 시절에는 뭔가 대단한 것이라도 있는 것 같지만, 살고 보면 인생은 매일 하루하루를 살아내는 일이라는 걸 이들은 삶으로 보여준다. 하루를 성실하게 살아내면 한 달이 그렇고, 일 년이 그렇고, 일생이 그렇다. 그리고 꽃으로 피어난다.

그럭저럭 하루를 사는 것이 아니라, 성실하게 하루를 살아내고 노년을 맞이한 사람들. 이들을 인터뷰할 수 있어서, 삶을 단편적으로나마 풀어낼 수 있어서 감사하다.

용인 모래실에서 임후남

목차

남는 건 기록,
그래서 오늘도
일기를 쓴다

이양구

1936년생

이양구 씨는 현재 용인향교 전교(*향교를 관리하는 책임자)를 맡고 있다. 2014년부터이니 벌써 7년째다. 비상근이므로 매일 출근은 하지 않지만, 그래도 일주일에 두세 번은 향교에 나와 이런저런 사항을 살핀다.

"살고 보니 인생 아무 것도 아닙니다. 재산을 갖고 가는 것도 아니고. 그래서 매일 그날 있었던 일을 씁니다. 그게 곧 기록입니다. 나는 가도 기록은 남아 있지 않겠어요?"

인터뷰를 위해 용인향교를 찾았을 때 이양구 씨는 2014년에 발행한 두툼한 회고록 『기산록-삶의 발자취』 한 권과 '나는 누구인가', '암 투병기', '누님의 영명을 애통해하면서' 등의 글을 한 뭉치 꺼내놓았다. 인터뷰에 도움이 될 만한 글만 내놓은 것이므로 그동안 그가 쓴 글은 훨씬 더 많을 것이다.

이양구 씨는 고려시대 말의 문신 목은 이색, 조선시대 중기 문신 음애 이자의 15대 손이다. 음애 이자는 기묘사화로 파직, 충북 음애동에 은거하며『음애집』,『음애일록』등을 남긴 기묘명현 중 한 사람. 용인시 지곡동에는 음애 이자의 고택과 묘, 사은정이 있다.

"목은 이색, 음애 이자 선조의 기록은 그렇게 남아 있지만 그 후로는 없는 거예요. 기록의 중요성은 두말할 것도 없지만, 그 전까지는 바쁘게 사느라 뭘 쓴다는 생각조차 못했어요. 그러다 시간이 지나면 다 잊어버린다는 걸 불현듯 깨달았죠. 안 되겠다 싶어서 매일 일기를 쓰기 시작했습니다."

마흔 살 무렵인 1980년쯤이었다. 뭘 쓴다고 해서 대단한 걸 쓰는 것은 아니다. 일기를 쓰듯 그날을 기록한 것이다. 그러다 보니 그것이 많아졌고, 2014년 『기산록』이라는 회고록으로까지 묶게 된 것이다.

『기산록』에는 그의 삶의 흔적들이 그대로 담겨 있다. 책을 펼치면 선조인 목은 이색과 음애공 영정이 맨 앞에 있고, 부모와 장인 장모 사진이 있다. 이어서 1936년 어디에서 태어나 어떻게 성장했으며 공직에서 일한 이야기, 용인시의회 의원으로 활동한 이야기, 국내외 여행기, 집안 대소사 때의 이야기 등과 사진들이 이어진다. 한평생이 그대로 기록으로 남은 것이다.

그 중 한 편을 옮긴다.

논에 흙 넣고 모심기

지역이 개발되어 흙 이동이 빈번하고 위에 논들이 모두 논을 높여 우리 논만 여러 두렁(다락논)으로 늘 마음이 편치 않았다. 2002년 3월 남태봉의 제(弟)를 만나 현지를 설명하고 흙 복토를 부탁하였다. 그러나 논에 흙을 너무 많이 돋아 뜻대로 복토되지 않아서 포클레인을 임차하여 정리하고 돌을 주워내어 정비하였으나 여전히 고르지 않다.

호수를 이용하여 모내기를 하기로 하였다. 트랙터로 로타리 치고, 모내기를 하였다. 하지만 모가 정상적으로 이앙되었을 것으로 생각하고 관수를 조절치 않아서 모두 고사되어 버렸다. 나 혼자 손으로 보식하기를 5, 6일 …… . 손이 붓고 병이 들어 계속치 못하고 품을 사서 보식하기로 하였다.

물대기, 논 고르기, 보식 등 금년 5~6월은 많은 일을 하였다. 밑거름이 없는 생흙으로 모는 건전하나 첫 해 수확은 시원치 않음을 예고한다. 역시 개척과 개발은 쉬운 일이 아니며 참으로 많은 어려움을 경험하게 한다. 앞으로 논 정비 후 많은 수확을 기대하면서 금년 농사를 마무리하여야겠다. -『기산록』 175쪽에서. 원문 그대로 인용

『기산록』을 펴낸 지 다시 6년의 시간이 흐른 지금, 그는 또 한 권의 책을 준비하고 있다. 그동안 쓴 글이 어느새 그렇게 많아진 것이다.

이양구 씨는 용인시 기흥구 지곡동 297번지에서 태어났다. 바로 음애 고택이다. 음애 고택에서 태어났으니 그는 고택이 당신 집인 줄 알았다. 그러나 그의 할아버지는 차종손. 종손은 음성으로 나가고 차손이 고택, 재실 등을 관리하며 살고 있었다. 그곳에서 나고 자란 그는 나중에 결혼하면서 그 아래 지곡동 301번지에 집을 구입, 분가했다.

기흥구에서 시작한 그의 삶은 기흥구와 함께했다. 수원농고를 졸업한 후 사회생활을 시작한 곳도 기흥면. 서기보로 시작한 그의 공직생활은 기흥면 부면장, 용인군 새마을계장, 기흥읍장으로 이어졌고, 이후에도 기흥 노인대학장, 대한노인회 기흥구 지회장 등으로 이어졌다. 지금도 기흥구에 있는 용인향교 전교를 맡고 있으니 그의 온몸에는 기흥구 역사가 새겨져 있다.

"지금이야 개발되어서 그렇지만 옛날 지곡리는 아주 산골이었어요. 할아버지가 종중 송사로 화병이 생기셔서 일찍 돌아가시는 바람에 아버님과 삼촌들이 공부를 제대로 못했어요. 아버님은 신갈초등학교를 겨우 졸업하셔서 농사짓고 사셨는데 고생을 많이 하셨어요. 생활이 어렵다 보니 조상님들 기일이 다가오면 걱정하시던 모습이 지금도 눈에 선하네요. 명절 때 옷 한 벌 사줄 형편이 안 됐던 어머니가 헌옷을 깨끗하게 빨아 꿰매 입히곤 했던 기억도 나고요."

그는 신갈초등학교에 입학했다. 당시에는 의무교육이 아니어서 시험을 보고 들어갔다. 합격 통지서를 받은 부모님이 그를 안고 기뻐했다. 한복 한 벌은 어머니가 해주셔서 입었으나 고무신이 없어 나막신을 신고 학교에 다녔다. 한겨울 방골고개(지금의 민속촌 뒤쪽 계곡)를 오르다 수없이 미끄러졌던 기억도 선명하다.

"겨울에는 솜바지에 솜저고리를 입고 짚신을 신었고, 여름에는 무명 검정저고리에 나막신을 신고 다녔어요. 양복과 운동화, 고무신이 있었는데 이것은 배급제였어요. 공부 좀 잘하고, 선생님들이 예뻐하는 아이들에게 먼저 갔죠. 나도 2학년 때 마대 양복을 배급받아 6학년 때까지 입었습니다. 졸업식 날 그 마대 양복 윗도리를 입고 사진을 찍었으니까요."

초등학교를 졸업 후 그는 철도학교로 진학하기로 마음먹었다. 철도학교는 전액 국비 지원금으로 운영된다. 따라서 학비를 내지 않아도 된다. 뿐만 아니라 졸업 후 취직도 바로 할 수 있다. 그러나 담임을 맡았던 김기순 선생이 그를 극구 말렸다. 철도학교를 나오면 철도 기사밖에 할 수 없다는 것이었다. 그러면서 수원농림중학교 입학원서를 써줬다. 만약 그때 철도학교를 갔다면 그의 인생은 달라졌을 것이다.

당시 수원농림중학교 경쟁률은 4대 1.

"내가 공부를 썩 잘하지도 않았는데 합격했어요. 우등생도 떨어졌었거든요. 부모님이 참 기뻐하셨죠. 아버지가 황소를 기르셨는데 그걸 팔아 송아지를 사고, 내 입학금을 마련해 주셨어요. 수원 화춘옥에 가서 설렁탕도 한 그릇 사주셨죠. 촌에서 가난하게 살았던 터라 설렁탕을 처음 먹었는데 그 맛은 정말 기가 막히게 꿀맛이었습니다. 아버님과의 추억은 그것이 처음이자 마지막입니다."

1950년. 입학 후 얼마 되지 않아 6.25 전쟁이 터졌다. 피난 갈 새도 없이 인민군이 점령했다. 당시 학교 옆에는 국군병원 분원이 있었다. 전투에서 부상당한 병사들이 실려 왔다. 학교에서는 무기 휴학 결정을 내렸다. 집에 돌아온 그는 어른들을 도와 농사일을 했다.

어느 날, 사람이 왔다. 학교에서 보낸 파발이었다. 학교가 다시 문을 여니 등록을 하라는 것이었다. 건물은 이미 폭격을 당해 학교에서는 학생들을 양조장 건물에 쭉 앉혀 놓고 노래를 가르쳤다. 인민군 노래였다. 이미 인민군이 점령하고 있었다.

"점심때가 되니까 다들 집으로 가라더군요. 그런데 협궤 열차 역이 폭격당하는 모습을 본 거예요. 쌕쌕이가 바로 머리 위로 날아가고 ……. 큰 느티나무 뒤에 가서 나무를 붙잡고 벌벌 떨었어요. 다음날 또 학교를 나오라는데 무서워서 갈 수가 있어야죠. 죽게 생겼는데 무슨 학교냐 싶었죠."

간신히 집에 돌아온 그는 여전히 농사일을 했다. 전쟁은 길고 무서웠다. 유엔군과 함께 압록강 유역까지 밀고 올라간 한국군은 중공군이 개입하면서 아래로 다시 밀리기 시작했다. 1.4 후퇴가 시작된 것이다. 이번에는 그도 작은어머니와 이불을 지고 남쪽으로 피난을 떠나야 했다. 어쩐 일인지 어머니와 동생들은 그대로 집에 남고 그와 큰누나만 피난길에 올랐다.

"충청도 목천 작은어머니 고향에서 소금죽으로 간신히 연명을 하면서 겨울을 났어요. 그래도 마을 사람들 도움으로 죽지 않고 살았다는 생각에 나중에 내가 성공하면 꼭 찾아뵙고 은혜를 갚아야겠다 생각했지요."

맥아더 장군의 인천상륙작전이 성공하면서 서울을 탈환했다는 소식이 전해지자 집으로 돌아왔다. 폭격 맞은 집들을 보면서 걱정을 했는데, 다행히 어머니와 동생들은 큰일을 당하지 않았다.

다시 학교에서 연락이 왔다. 전쟁이 끝났으니 이제 학교를 나오라고 했다. 학교 건물은 이미 파괴된 상태. 책상도 의자도 없었다. 학생들은 오전에는 벽돌을 깔아놓고 그 위에 앉아서 수업을 받고, 오후에는 유엔지원국에서 보내주는 목재를 갖다 건물을 짓고, 책상도 만들고 의자를 만들었다. 수원농림학교는 학제가 바뀌어 수원북중, 수원농고가 됐다.

가난한 데다 전쟁까지 치른 후였으니 하루하루 먹고 사는 게 힘든 시절이었다.

“아버님이 제가 중학교 2학년 때 징집됐어요. 전쟁이 끝나지 않은 때였거든요. 아버님과 함께 징집된 사람들은 이듬해 다들 왔는데 아버님은 안 오셨어요. 이제나 저제나 기다리는데 고등학교 1학년 때 전사통지서를 받았죠.”

아버지가 없는 집안의 6남매 중 장남. 사는 건 더 힘들어졌다. 학생이지만 집에서는 농사꾼으로 변했다. 논일, 밭일 가리지 않고 했다. 뒷산에 가서 나무를 해 월동을 하기도 했다.

그래도 학비를 대는 건 쉽지 않았다. 학교에서는 학비를 내지 않는다고 내쫓기도 했다. 옆집에 살던 작은아버지가 나무 판 돈을 학비에 보태라고 주는 등 이런저런 도움을 줬다. 교장이 전사자 가족이라며 유예를 해주기도 했다. 다행히 퇴학을 시키지는 않았던 것이다.

"얼마나 가난했는가 하면 도시락이 맨날 깡보리밥이었어요. 당시 놓고 다니는 애들 중에서 저처럼 깡보리밥을 싸오는 애들이 몇 안 됐어요. 쌀밥 싸오는 애들이 같이 먹자고 해도 우리끼리 산에 가서 먹고 오곤 했죠. 그때 생각하면 지금도 내가 눈물이 나요. 너무 험한 시절이었지요."

퇴학을 당하지 않고 학교를 다닐 수 있는 것만으로도 그는 감지덕지했다. 어쨌든 공부만 하면 면서기라도 할 수 있고, 그러면 최소한 가난은 면할 수 있다고 생각했다. 그러니 공부를 열심히 하지 않을 수 없었다. 힘들었지만 또 학교 다니는 즐거움은 컸다.

"그때는 시계가 없었어요. 그때는 수원 여주 간 협궤열

차를 타고 학교에 다녔는데 어머니가 깨워서 나가면 꼭 그 기차 시간이었어요. 시계도 없었는데 지금 생각해도 참 신기해요. 기차역까지 걸으면 1시간, 뛰면 40분 정도 걸렸는데 가다 보면 어디선가 휘파람을 불며 학생들이 나타났어요. 같은 기차를 타고 통학하던 학생들이 대여섯 명 되었거든요. 힘들었지만 그런 낭만도 있던 시절이었지요."

1956년 수원농고를 졸업한 후 곧바로 입대했다. 어머니와 어린 동생들을 두고 군대를 갈 형편이 안 되었으나 면제가 되지 않았다. 입대한 후에도 그는 어머니와 동생들이 눈에 밟혔다. 의가사 제대 신청서를 내고 울면서 하소연했다. 결국 16개월 만에 의가사 제대 신청서가 받아들여져 집으로 돌아왔다.

"아버님도 안 계시고, 어머님도 그렇게 일을 억척스럽게 하실 수 있는 분이 아니었어요. 동생들은 줄줄이 제 아래로 다섯이나 있고요. 어머니의 고생은 정말 이루 말할 수 없었습니다. 어머니 친정은 그래도 좀 형편이 나았던 집이었는데, 어렸을 때 외갓집에 가서 먹었던 쌀밥이 지금도 생각날 정도입니다. 가지냉국도 아주 맛있었죠. 그때 우리 집에서는 가지 같은 건 키우지 않았을 때거든요."

제대한 그는 가족을 먹여 살려야 한다는 생각밖에 없었다. 젊었으므로 패기로 가득 찼다. 그는 계단식 논을 평평하게 하나로 만들었다. 계단식 논은 물을 대면 물이 설설 샜다. 농사짓기가 아주 불편했다. 지금처럼 불도저나 포클레인이 있는 것도 아닌 시절. 그는 오직 몸으로 그 일을 다 했다.

뿐만 아니라 송아지가 태어나면 팔지 않고 키웠다. 소 세 마리와 논일, 밭일. 밤낮을 가리지 않고 쉬지 않고 일하는 그를 보고 동네 사람들이 혀를 차면서 말했다.

"그러다 골병 들지."

밤에는 『명심보감』, 『천자문』 등을 읽었다. 무서울 게 없었던 젊음. '깡'으로 버틸 수 있었던 젊음. 그의 마음에는 오직 가난을 극복해야겠다는 생각만이 가득했다.

농사를 지으면서 가족을 돌보던 그는 1962년 지방공무원 시험에 합격, 기흥면사무소에서 일을 시작했다. 당시 월급은 쌀 세 가마 값. 그렇게 공무원 생활을 시작한 그는 기흥면 총무계장, 부면장, 용인군 새마을계장, 기흥읍장으로 공무원 생활을 마감했다. 1993년, 30년 세월이었다.

"공무원이 된 것이 꿈을 갖고 시작한 것이 아니었어요. 어떻게 해서든 가난만 면하자 생각했던 거지요. 농사를 지을 때처럼 공무원 생활도 열심히 했어요. 농사를 짓듯 무조건 마음을 다해 열심히 했어요. 그것만이 내가 살 길이었으니까요."

면서기로 처음 일할 때, 열댓 명 정도였던 기흥읍 승격 사무소에 신규 직원이 증원되었다. 당시 위에서는 5.16 이후 박정희 전 대통령의 '혁명 공약'을 내세우며 공무원들에게 외우게 했다. 불시에 총무부나 점검반이 들이닥쳐 제대로 외우는지 확인을 했다.

"그때 좀 무서웠지요. 그걸 못 외우면 그날 바로 좌천시키고, 면직 처리를 했으니까. 그냥 집으로 가라고 하면 어떻게 해. 그러니 정신 똑바로 차리고 달달 외울 수밖에 없

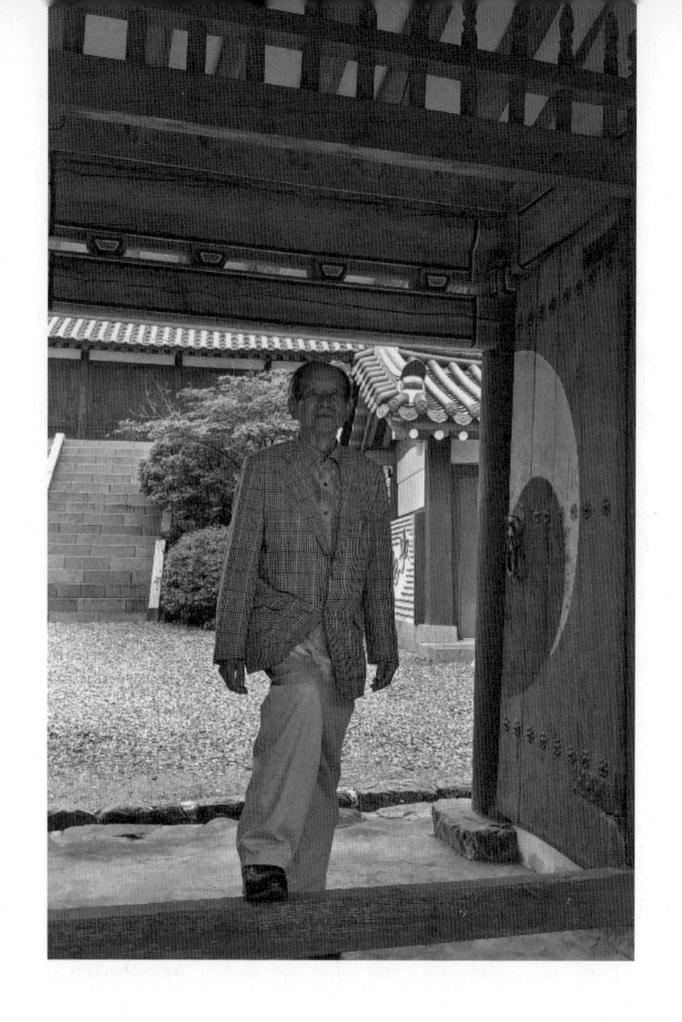

현재 용인향교 전교로 일하는 이양구 씨.
그는 평생 고향을 지키고 고향을 위해 일했다.
공직자로 평생을 살면서 농사도 손에서 놓지 않았다.
그가 지금도 땅을 지키고 있는 이유다.

었지요. 그때도 그냥 '깡'으로 한 거 같아요. 워낙 고생을 하고 살았으니까 그거 달달 외우는 건 아무 것도 아니었지요."

얼마나 성실하게, 얼마나 열심히 했는지 짐작이 갔다.

그는 45세에 처음 기흥면장이 됐다. 당시 모범공무원상을 받는 등 그의 활동이 눈에 띄었을 때다. 기흥면 부면장으로 일을 하다 승진을 하게 됐는데, 그때만 해도 면장들이 다른 면에서 올 때. 상부에서는 해당 면에 면장감이 있으면 면장을 시키는 것이 바람직하다며 그를 발령냈다. 그런데 나이가 너무 젊다고 말들이 많았다.

"그런 말 들으니 기분이 좋을 리 없죠. 그래도 이미 발령은 났겠다, 열심히 하는 것밖에 없었지요. 면장 5년을 하다 기흥면이 커져서 기흥읍이 됐어요. 읍장 8년까지 무려 13년을 했어요. 보통 면장은 4, 5년 하면 바꾸는데. 아마도 내가 최장수 면장을 하지 않았나 싶습니다."

운도 따랐다. 면장 5년을 한 후 주변에서 그만두라는 말들이 좀 나왔다. 그런데 마침 그때 기흥면 공세리가 새마을 운동 시범마을로 선정됐다. 새마을 사업이라면 당시 국책 사업으로 가장 중요한 사업. 시범마을로 선정되고 나니 경기도 간부들을 비롯한 관련자들이 자주 왔다. 그런 자리가 있을 때마다 그들을 안내하는 것은 그의 몫. 그러자 도 간부들이 그를 눈여겨보게 됐다.

"읍장을 다른 사람으로 하자는 말들이 있었어요. 그런데 도에서 고생을 그렇게 했는데 읍장이라도 한 번 시켜야지 하는 말들이 나왔어요. 한마디로 위에서 찍은 거지. 그래서 읍장을 계속했어요. 매사에 열심히 하니까 인정을 받았다 생각해요."

면장으로 일하면서 그는 주민 화합이 가장 중요하다고 생각해 기흥면 단합체육대회를 열었다. 그때만 해도 면민 단합대회 같은 것이 없을 때. 그러자 지역 국회의원도 오고, 방송국에서 취재를 나왔다. 남들이 하지 않은 일을 먼저 해보는 것. 공무원이라고 이미 있던 것만 따라하지 않았던 자세. 이런 것들이 그를 장수 읍장으로 만든 것이 아닐까 생각됐다.

읍장으로 퇴직한 것이 57세. 집에서 농사만 짓기에는 이른 나이였다. 그동안의 경험을 살려 지역을 위해 뭔가 더 일을 하고 싶었다. 그는 2년 후 용인시의회 의원에 출마한다.

"기흥하고 구성하고 합쳐서 기흥구가 되었어요. 한 명만 뽑았으면 안 됐을 텐데, 시의원을 세 명 뽑으니까 간신히 됐어요. 아마도 나이 드신 분들이 내가 면장도 하고 읍장을 했으니 행정에 경험이 있다고 뽑아주지 않았나 생각합니다. 선거 운동이 힘들었어요. 그런 걸 해본 경험이 있나. 선거를 치르려면 학연이 중요한데, 나는 수원에서 학교를 다녔으니 용인에는 학연이 없어요. 그렇다고 정당 힘을 받는 것도 아니고. 혼자 뛰어다녔지요. 명함을 잔뜩 찍어서 명함 돌리는 게 일인데, 길거리에서 사람들을 만나 명함을 주면 그냥 버려요. 아파트, 빌라 곳곳을 찾아다니면서 하루 종일 명함을 넣고 다니면 다리가 퉁퉁 부었어요. 얼굴도 새까맣게 타고. 어휴, 지금 생각하면 그 일을 어떻게 했나 싶어요."

당시만 해도 용인시의회 의원은 보수가 있는 것이 아니었다. 정말 봉사하는 자리였다. 그래도 시의원을 하면서 몇 가지 큰일을 했다. 그중 하나가 현재 용인시청 자리 매입을 내무위원장으로 의결한 것. 그래서 지금도 시청을 지날 때면 보람을 느낀다.

"당시 부시장과 함께 터를 보러 갔는데 성산이 뒤로 딱 버티고 있는 것이 아주 좋았어요. 명당 자리더군요. 그런데 용인시에 돈이 어디 있어 종합행정타운을 짓느냐고 반대가 많았어요. 시의원 하면서 뭐라도 해놓고 그만둬야지 싶어서 앞장서서 반대하는 사람들을 찾아다니며 설득했죠. 결국 예산안을 통과시켰습니다. 그때 잘했지 싶어요. 용인시가 점점 커져서 지금은 그곳도 부족하다고들 하더군요."

그는 더 이상 출마하지 않았다. 그래도 일을 하는 사람은 일을 계속하게 된다. 시의원을 그만두고 나니 이번에는 노인회 일을 하라고들 했다. 그래서 맡게 된 것이 기흥읍 노인회 감사. 그러다 기흥구 서부 노인대학장, 기흥구노인회장으로 이어졌다.

기흥구노인회장 역시 선거를 치르는 일. 선거는 항상 힘들다.

"투표를 했는데 내가 딱 16표 차이로 이긴 거예요. 그래도 이긴 건 이긴 거 아닙니까? 그런데 상대가 그걸 승복을 하지 않는 거예요. 지금은 다들 돌아가셨는데, 그때 공연히 생트집 잡고 내쫓으려고 하고 좀 시끄러웠어요. 그런데 내가 잘못한 것이 없고, 노인회장이 되어 열심히 하니 그 소리들이 저절로 잦아들더군요. 살면서 보니까 뭐든 열심히 하면 주변에서 도와주고, 하늘에서 도와주는 것이라는 생각이 듭니다."

노인회장 일은 시의원 일보다 바빴다. 회원이 8,500명 정도 되므로 이런저런 일이 많을 수밖에 없다. 그가 가장 신경을 썼던 것은 노인 재취업. 경로당 도우미, 스쿨존 교통지원 등 매년 200여 명의 노인이 일자리를 찾았다.

"노후 대책을 마련한 노인들이 그리 많지 않잖아요. 한 달에 한 100만원이라도 월급을 타면 그분들이 그렇게 고맙다고들 해요. 월급을 받으니 집에서도 대우 받고, 손주들 용돈이라도 좀 줄 수 있으니 절로 힘이 나지요. 노인회장하면서 그런 순간들이 가장 보람 있었습니다."

노인회장 일이 마지막이다 싶었는데 이번에는 용인향교 전교를 맡으라고 했다. 2014년이었으니 78세 때. 이미 그 전부터 향교 감사직을 보고 있었던 터였다. 노인회장 때처럼 매일 출퇴근하는 것은 아니지만 그래도 1주일에 두세 번은 나와서 향교 일을 본다. 전교 역시 무보수.

"용인향교가 세워진 것인 1400년이었어요. 6. 25전쟁 때 건물 일부가 파손됐지만 유지 보수를 잘해서 좋아요. 옛날 향교에서는 교관이 교생들을 가르쳤잖아요. 지금은 명륜학교라고 해서 서예, 문학, 한문고전, 사군자 · 문인화 등을 가르치는 반이 있고 인문학을 가르치는 전문교양강좌반이 있어요. 용인시 보조를 받아서 운영하고 있지요. 좋은 강좌가 많아서 저도 배우고 싶은데, 나이도 많고 쉽지가 않습니다. 배우는 것은 끝이 없는데 말입니다."

이양구 씨의 이야기를 듣다 보니 80년 세월이 금방이구나 싶었다. 올해 85세. 그런데도 향교 전교로서 사회 활동을 하고 여전히 농사도 짓는다. 아버지 고생스럽다고 자식들은 만류하지만 평생 그는 농사를 지은 사람이다. 가난한 부모에게서 물려받은 땅과 그가 공무원 박봉을 쪼개 구입한 땅을 평생 일구었다. 주변 사람들이 혀를 찰 정도로 억척스럽게 일군 땅이다. 지금은 세월이 변해 산골이었던 주변이 개발되고 있지만, 아직도 그 땅을 지키고 있다는 자부심이 크다.

"아무리 어려워도 땅을 팔 생각은 하지 않았습니다. 부모님이 얼마나 고생하셨는지 보면서 자랐고, 아버님이 열일곱 살에 돌아가셨으니 그 땅을 그때부터 제가 일구었죠. 그러니 땅에 대한 애착이 유난히 클 수밖에 없지요. 안타까운 것은 몇 번을 수리하고 살았던 옛날 집에서 살고 싶었는데, 개발계획에 밀려 헐리고 말았어요. 지금은 보라동에 다세대 주택을 짓고 아래는 세를 주고 저희는 3층에 살고 있어요. 마지막까지 잘 지키고 있다 자녀들에게 물려주어야죠."

땅에 대한 애착이 큰 그는 올해도 그 땅에 벼농사를 지었다. 기계로 하니 옛날만큼 힘들지는 않다. 운동한다 생각하고 하는 정도다. 벼농사를 짓는다고 그걸 수확해서 먹는 것도 아니다. 추수 때 수매로 보내고 나면 1,000평 논에서 나오는 돈은 고작 200만 원 정도. 거기에 100만 원 정도 보태 쌀이 맛있는 원삼면에서 사다 자녀들에게 나눠 준다. 땅을 갖고 있으니 세금도 나온다. 그래도 그는 농사를 손에서 놓지 못한다. 매년 올해가 마지막이다 하지만, 해가 바뀌면 또 농사를 짓는다. 평생 공직자로 살았지만, 한편으로 그는 평생 농사꾼인 셈이다.

이양구 씨를 만난 날, 비가 왔다. 비는 인터뷰를 마칠 즈음 갰다. 향교 정원에서 비에 흠뻑 젖은 화초들을 보자 그의 얼굴이 함빡 피어났다.

"저것들이 얼마나 좋겠어요."

평생 농사를 지은 사람만이 할 수 있는 말이었다.

그는 5년 전 대장암 수술을 받았다. 농사일을 하면서 몸을 계속 쓰고 있었고, 산악회원들과 함께 전국의 명산들을 찾아다니는 등 나름 몸 관리를 잘하고 있다고 생각했다. 무엇보다 평생 아픈 줄 몰랐다.

"병원에 갔던 일이라고는 쉰여덟이었을 때 침 맞고 한약 달여 먹은 게 전부였어요. 다리가 저려서 병원을 갔더니 척추에 문제가 생겼다고 수술을 하자고 하더군요. 수술을 하게 되면 아무래도 안 될 것 같아 경희대한방병원으로 갔죠. 그거 외에는 병원 간 일이 없었어요. 그런데 암이라니, 처음엔 앞이 캄캄합디다."

2015년 겨울이었다. 유난히 몸의 냉기가 심해졌다. 워낙 추위를 많이 탔던 체질이라 냉증이 더 심해졌나 했다. 몸을 따듯하게 한다는 구절초를 사다 달여 먹었다. 며칠 괜찮다 싶었는데 다시 냉기를 견딜 수 없었다. 몸 안에서 올라오는 냉기는 따뜻한 것을 먹는다고, 이불을 덮는다고 해결되지 않았다. 거기에 결정적으로 대변에서 혈흔이 보였다.

수원의 대장항문전문병원으로 갔더니 대장에 몇 개의

용종이 있다고 했다. 검사 결과는 대장암. 수술은 서울대병원에서 했다. 용종 제거 수술은 잘됐지만, 그러나 수술 후 소변이 제대로 나오지 않아 퇴원 후 응급실로 실려 가는 일이 몇 차례 있었다. 뿐만 아니라 방사선 치료와 항암제를 복용해야 했다.

"자식들 고생을 시켰지요. 방사선 치료는 다들 힘들다고 하는데, 정말 힘듭디다. 수술 후 약 1개월 동안은 방사선 치료와 동시에 항암제를 복용하고, 1주일 끊었다 다시 방사선치료와 항암제를 복용해야 했어요. 그렇게 하고 나니 6개월이 지나 있었습니다. 항암제를 먹으면 몸이 천근만근이 되어 꼼짝을 할 수가 없었지요. 항암 치료가 끝난 후 다시 복원수술을 했는데, 수술의 고통도 고통이지만 항문 조절이 되지 않고 하루에도 변을 몇 번씩 봐야 해서 정말 하루하루가 힘들었지요. 아프고 힘든 데다 발꿈치까지 갈라져서 걸음을 걸을 수가 없었어요. 집사람과 자식들이 아니었다면 병을 이겨내기가 쉽지 않았을 겁니다."

병원에서 사경을 헤맬 때는 다시 활동할 수 있으리라고

생각하지 못했다. 이렇게 죽나 싶었다. 그는 자신이 평생 살아왔던 대로 치료를 열심히 받았다. 의사가 하라는 대로 열심히 먹고, 정신력으로 육체의 고통을 이길 수 있다고 하루에도 몇 번씩 다짐했다.

그러는 동안 몸에 살이 붙고 다리에 힘이 생겼다. 기력이 살아난 것이다. 그리고 다시 농사를 짓고, 향교 일을 본다.

"나는 이제 이렇게 건강해졌는데 지금은 집사람이 누워 있어요. 넘어져서 고관절이 골절됐어요. 벌써 몇 달 됐습니다. 움직이지 못하니 대소변을 받아내야 하고 옆에서 누군가 지키고 있어야 해요. 그걸 지금은 제가 하지요. 주변에서는 요양원으로 보내야 한다고들 하는데 내가 그렇게 못하겠어요. 왠지 거기 가면 죽을 것 같거든요."

그의 목소리가 잦아들었다. 가난해서 결혼 생각도 못할 때 함께 일하던 사람 소개로 만나 올해로 58년을 함께 살았다. 가난한 집안에 시집와 아들 둘, 딸 셋 낳아 교육시키며 함께 고생했던 그의 아내 정순자 씨.

어쩌다 보니 80년 세월이 훅 갔다. 어렸을 때 일은 어제처럼 생생한데 어느새 나이가 80을 훌쩍 넘어 중반이다. 일제 강점기에 태어나 6.25 전쟁을 겪고, 가난을 벗어나고자 열심히 살았다. 고향에서 공무원 생활을 하다 보니 모든 일이 고향을 위한 일이 됐다.

"암을 이겨내고 다시 살아가는 지금은 잘 마무리할 때라고 생각합니다. 자식들 고생시키지 않고 잘 정리하고 가야지요."

용인향교 전교로서 마지막까지 임무를 다하는 삶. 아픈 아내를 마지막까지 보살피며 남은 시간을 정리하는 삶. 그는 그래서 매일 일기를 쓴다. 사람은 빈손으로 왔다 빈손으로 가지만 그래도 기록은 남을 것이므로.

가장 힘들었던 기억은?

어려서 고생할 때. 다행히 학교에서 쫓겨나지는 않았지만 학비를 내지 못해 쩔쩔매면서 학교에 다녔던 기억들이 지금도 생각하면 눈물 난다.

② **살면서 가장 잘했다 싶은 것은?**

어쩌다 보니 평생 고향을 지키고 살았다. 기흥읍장을 하면서 기흥읍 기록비를 세운 것, 문중 일을 맡아 음애 이자 묘역과 재실을 문화재로 등록함으로써 영구 보존하게 한 것 등은 후대를 위해 잘하지 않았나 생각된다.

③ **자녀들에게 해주고 싶은 말은?**

진인사대천명이라고, 사람이 할 수 있는 일을 최선을 다할 때 하늘이 도와준다. 부지런하고, 땀 흘려 활동하고, 언제나 최선을 다하는 사람이 되길 바란다. 사회에 봉사하고, 나라에 꼭 필요한 사람이 되길 바란다.

뛰어다닐 수 있는 지금이 가장 행복하다

서석정

1939년생

:

"내가 지금 코로나 때문에 꼼짝을 못해서 그렇지, 여기저기 레크리에이션 강사로 뛰어다녀요. 근데 그게 그렇게 좋아. 아주 재밌어. 미 여군들이 좋아서 포옹하고 '오빠!' 하고들 불러요. 지금 이 나이에 누가 나를 그렇게 불러주겠어. 무엇보다 내가 갈 곳이 있다는 것, 나를 필요로 한다는 것, 나 때문에 흥겹다는 것. 그게 내가 살아 있다는 것 아니겠어요? 누군가를 가르친다는 것은 정말 좋은 일예요."

서석정 씨는 유쾌하다. 말에 힘이 있다. 평생 교직에 몸담은 그다. 지금도 누군가를 가르치는 일은 그래서 좋다.

처음 레크리에이션 강사로 와달라고 했을 때 두말하지 않고 달려간 이유다. 강사료가 만만찮을 것 같다고 하자 손사래를 친다.

“다 봉사예요, 봉사. 내가 즐거우니까.”

평택 미군부대와 요양원 등에서 그는 사람들과 함께 노래를 부르고, 남은 여생 아름답게 살라는 인성 교육 강연을 하고, 율동을 한다. 그 순간이 가장 좋다. 사람들이 웃는 모습, 좋아하는 모습이 좋다. 그것만으로도 그는 만족한다.

“나는 지금 두 번째 사는 거예요. 자전거 타고, 운전하고 이렇게 돌아다닐 수 있다고 생각하지 못했어요. 내가 10년 전 뇌경색으로 쓰러졌었거든요.”

10년 전 그날도 어떤 단체에 가서 강의를 했다. 끝나고 운전을 하는데 머리가 무거웠다. 왜 이렇게 컨디션이 안 좋나, 생각했다. 집에 돌아와 아내를 보고 “여보.” 한마디 하고 정신을 잃었다.

잠시 후 깨어났지만 주말이기도 하고, 당장 뭔 일이 날까 싶어 그대로 생활했다. 일요일날 교회도 갔다. 월요일이 되어서야 수원에 있는 동수원병원을 갔다.

"아니, 왜 이제사 오셨어요? 큰일날 뻔하셨어요."

의사가 핀잔을 줬다. 결국 한 달 동안 병원 신세를 졌다. 정신이 오락가락해 날짜 가는 것도 모르고, 음악이 전공인 그가 도레미 음계도 모르는 상황까지 갔다. 그래도 그는 나으리라는 믿음으로 기도하면서 치료에 전념했다.

한쪽이 마비된 채 퇴원해서 돌아왔는데 이번에는 눈이 캄캄하고 앞이 보이지 않았다. 가까운 안과를 찾아가 검사를 했다. 시신경이 파괴됐다고 했다. 딸은 분당 서울대병원으로 가보자고 했다. 결과는 같았다. 또 병원 신세를 한 달간 졌다. 매일 아침저녁으로 주사를 맞고, 자고 나면 시력 측정기 앞에서 검사를 했다.

금방 좋아질 것이라고는 생각하지 않았지만 그래도 시간이 길어지자 초조했다. 그는 하루 종일 기도했다. 드디어 한달째 되는 날 시력 판정기 글씨가 환하게 보였다. 얼마나 기뻤던지 소리를 질렀다.

"보입니다!"

의사는 의학적으로는 불가능하다고 했다. 그는 의사에게 말했다.

"의학적으로는 불가능하지만, 하나님은 가능하죠."

의사가 웃었다.

퇴원해서 집으로 돌아왔다. 거동은 여전히 불편했다. 한쪽이 마비돼 지팡이를 짚고 다녀야 했다. 남 보기에 부끄러웠다. 그는 내 병은 내가 고치고 만다, 라는 생각으로 동요, 민요, 찬송가를 손뼉을 치며 불렀다.

조금 나아지자 자전거를 탔다. 그러나 몸이 중심을 잡지 못하고 계속 넘어졌다.

"그야말로 백절불굴의 정신으로 넘어지면 일어나고, 넘어지면 일어났습니다. 지금은 제가 아무렇지도 않아요. 이제는 완전히 정상인이 되었습니다. 하나님은 노력하는 자에게 불가능을 가능케 하신다, 전 이렇게 생각합니다."

그는 하나님을 말할 때도 "하하하 하나님"이라고 표현할 정도로 독실한 기독교인이다.

서석정 씨는 1962년 서라벌예술대학을 나왔다. 서라벌예술대학이라면 우리나라 예술인의 산실. 수많은 문인과 화가, 음악가 들이 서라벌예대 출신이다(서라벌예대는 1972년 중앙대학교에 인수되었다). 전공은 작곡.

1960년대 대학을 나온다는 것은 쉽지 않은 일. 뿐만 아니라 음악을 전공할 정도면 집안 형편이 좀 좋아야 되지 않을까 싶어 물었다.

"무슨요. 먹고 살 길이 막막했을 때였죠. 그런데도 대학을 갔으니 지금 생각하면 기적 같은 일이긴 하죠."

그는 용인시 처인구 남사면 방아리 아리실에서 태어났다. 증조할아버지 때부터 교회를 다녔다. 소작농 집안이었고, 가난했다.

그의 어머니는 평택 사람이었다. 그런데 외할머니가 자식을 열둘을 낳았는데 4남매만 살았다. 아이를 낳으면 죽고, 낳으면 죽으니 외할머니로서는 기가 막힐 일이었다.

어느 날 누군가 아리실 교회란 곳에 가서 예수를 믿으면 그런 일이 없을 것이라고 말했다. 이 말을 들은 외할머니는 일요일이면 새벽밥을 해 먹고 평택에서 용인군 남사면 방아리에 있는 아리실 교회를 걸어왔다. 왕복 100리길을 걸어서 예배를 참석한 것이다.

자식을 더 이상 잃고 싶지 않아 대여섯 시간을 걸어서 교회를 다녔던 외할머니는 딸을 열여섯 살에 신앙생활을 잘하는 집안으로 시집보냈다. 그 딸이 바로 바로 서석정 씨의 어머니다.

"우리 어머니가 몸이 시원찮았어요. 가난하니 뭘 잘 먹지를 못하고, 일은 많고 하니까 몸이 안 좋을 수밖에 없었죠. 그런데다 시집살이를 많이 했어요. 할머니한테 맨날 혼났답니다. 낮에는 종일 일하고, 밤에는 아버지와 같이 새끼 꼬고 가마니 짜고. 잠도 제대로 못 주무셨다고 해요. 그런 일로 애가 쉽게 들어서지 않았답니다."

어머니는 스물셋에 첫 아들 석정을 낳았다. 결혼 후 7년 만이었고 늦은 나이였다. 석정 아래로 아들 둘, 딸 하나를 더 낳았다. 아이 못 낳는다고 구박했던 시어머니는 아이를 낳아도 구박했다.

"어머니는 매일 밖에서 일하셨어요. 어렸을 때 엄마를 찾으러 나간다고 허구한 날 봉당에서 떨어져 머리를 짓찧었어요. 봉당이 좀 높았거든요. 그래서 그런지 머리가 나빴어요. 초등학교 때는 공부를 못했죠. 창피한 이야기지만 내가 초등학교 졸업할 때까지 한글을 몰랐어요. 맨날 죽만 먹어서 힘도 없었고 제대로 자라지도 못했지요. 그때 생각하면 지금도 눈물이 납니다."

초등학교 5학년 때 교회에 풍금이 생겼다. 서양 선교사가 아리실 교회에 기증한 것이다. 아리실 교회는 1895년에 설립된, 용인 지역에서 가장 오래된 교회 중 하나다. 여름성경학교 때 한 선생님이 와서 풍금을 치는데 소년 석정의 마음이 떨렸다.

"기가 막히게 잘 쳤어요. 저렇게 좋은 소리가 나는구나, 신기했죠."

그는 어머니에게 말했다. 풍금을 배우고 싶다, 악보 보는 법을 배우고 싶다, 여름성경학교 하는 일주일 동안 선생님을 집에서 점심 대접만 해주고 배우면 어떻겠느냐. 비록 죽만 먹고 사는 형편이었지만 아이가 배운다는데 그걸 마다할 부모가 있을까.

소년은 악보 보는 법을 배우고, 풍금을 익혔다. 일주일 후 선생이 떠난 후 교회의 풍금은 그의 차지가 됐다.

"아무도 치는 사람이 없었어요. 칠 줄 아는 사람이 없었던 거지. 학교만 갔다 오면 쇠풀을 베고 교회로 달려가 풍금을 쳤어요. 교회가 산 밑에 있어서 좀 무서웠는데 밤에는 혼자 등잔불 켜놓고 풍금을 쳤어요. 얼마나 열심히 쳤는지 여섯 달 만에 찬송가 600곡을 다 쳤죠. 지금도 피아노에 앉아 찬송가를 치면 그걸 다 칠 수 있어요."

가난한 소년에게 풍금이 가져다 준 세상은 그야말로 새 세상이었다. 풍금을 치는 동안은 배고픈 줄도 몰랐고, 무서운 것도 없었고, 세상 부러울 것이 없었다. 비록 한글도 잘 모르고 더하기 빼기도 잘 못했지만, 풍금 치고 노래하는 것은 좋았다.

소년은 초등학교를 졸업하고 남사중학교에 입학했다. 당시 남사중학교는 고등공민학교. 아버지는 용인중학교로 아들을 전학시키고 싶었다. 제대로 공부를 하게 하기 위해서였다. 그러나 집이 있는 아리실에서 용인중학교까지 통학은 힘들었다. 아버지는 아리실 교회에 있다 용인장로교회로 간 목사를 찾아갔다.

"목사님! 우리 아들 석정이를 목사님 댁에서 공부하게 해주세요. 빚을 내서라도 먹는 것은 대 드리겠습니다."

살면서 좋은 사람을 만나는 것은 큰 복이다. 목사는 흔쾌히 응했다. 덕분에 용인중학교와 용인고등학교를 다닐 수 있었다.

"목사님 댁에 돈을 못 내면 다시 집에 갔다 왔어요. 버스가 없으니 신작로를 따라 한없이 걸었는데 트럭이 한 대 지나가면 먼지를 뽀얗게 뒤집어쓰곤 했지요. 그래도 고등학교 시절은 좋은 시절이었어요. 뒤늦게 머리가 트여서 공부도 좀 하고. 나빴던 머리가 좋아지기 시작했거든요."

고등학교를 졸업한 후 대학 진학은 꿈도 꾸지 않았다. 그 당시 대학에 가는 친구들은 몇 되지 않았으니 대학을 가야 한다는 생각을 하지도 않았다.

그는 아는 사람 소개로 공사장에서 일을 했다. 그래도 고등학교를 나왔다고 막일이 아닌 십장을 시켰다. 막일을 하는 사람 중에는 깡패가 있었다. 학교 모범생이었던 그로서는 그들을 대하는 게 쉽지 않았다.

하루는 그들이 대충 일하는 걸 보고 안 되겠다 싶어서 일 좀 제대로 하라고 바른 말을 했다. 그랬더니 네가 건방지게 뭐라고 잔소리를 하냐며 그들 중 하나가 따귀를 때렸다. 그 일로 그만 고막이 터지고 말았다. 1개월간 수원 시내에 있는 이비인후과를 다니며 치료를 받았다.

공사장 일을 그만둔 그는 집에서 아버지 농사일을 도왔다. 하루는 아리실 교회 목사가 찾아왔다.

"목사님이 아버지 사촌동생이었어요. 아침나절 오시더니만 아버지에게 석정이를 어떻게 해서든 음악대학을 보내야 한다, 풍금도 잘 치고 주일학교에서 아이들에게 동화구연도 재미있게 잘한다, 그 재능으로 보아 앞으로 음악 교사를 만들어야 한다 하면서 아버지를 설득하신 거예요."

형편이 안 됐지만 서라벌예대 음악과 시험을 보았는데

합격이 됐다. 한 학기를 어렵게 다니던 중 입영통지서가 날아왔다. 9월 10일 군 입대 영장이 나왔다. 군대 가면 밥은 먹여 주고 잠도 재워 주니, 제대하고 형편이 나아지면 다시 복학하자 생각했다. 그런데 신체검사를 받은 결과 폐결핵 진단이 나왔다.

"그때는 군대 가면 출세한다고 군대 가는 날 동네에서 밥도 해주고 용돈도 주고, 갈 때 농악대가 환송까지 했어요. 그런데 병 걸려 집에 가야 한다고 생각하니 기가 막혔죠. 나는 집에 안 간다고 막 떼를 썼지만 귀향증을 주면서 10일 만에 집에 가라고 하더군요. 동네 사람들한테 창피해서 낮에는 못 들어가고, 밤에 집에 들어갔어요. 부모님은 나를 보더니 깜짝 놀라시면서 털썩 주저앉으셨죠. 탈영한 줄 알았던 거예요."

그는 다시 학교로 갔다. 당시 서라벌예술대학은 성북구 돈암동 언덕에 있었다. 학교와 가까운 5촌 당숙네 집에서 학교를 다니면서 정릉천에서 아침마다 운동을 했다. 정릉천에는 맑은 물이 흘렀고, 산에서 마시는 물은 약수였다.

서석정 씨는 유쾌하다.

평생 교직 생활한 그에게 누구를 가르치는 일은 즐겁다.

지금도 이곳저곳에서 그를 부른다.

그러면 그는 달려가 사람들에게

노래를 가르치고, 웃음을 안겨준다.

"나는 할 수 있다, 할 수 있다를 끊임없이 외쳤어요. 새벽에 일어나서 정릉천까지 달려가서 약수를 마시고 운동을 했습니다. 그러고 돌아와 아침을 먹으니 밥맛이 꿀맛이었죠. 자연스럽게 정신이 맑아지고 몸도 좋아졌어요. 몸이 좋아지니 모든 일에 자신감이 생겼습니다."

그는 피아노를 연습하기 위해 수업이 끝난 후 경비 아저씨에게 담배 한 갑 사다주고 강당 문을 열어 달라고 부탁했다. 경비는 쉽게 문을 열어주지 않았다. 그는 제발 문 좀 열어달라 애원했다. 피아노를 칠 곳이라고는 학교밖에 없다고. 그러니 제발 강당 문을 열어 달라고.

학교 규칙이라며 냉정하게 말하던 경비는 문을 열어줬다. 그리고 나중에는 으레 피아노를 치러 오겠거니 하고 기다렸다. 그는 강당에서 피아노를 치는 시간이 가장 행복했다.

"초등학교 시절 악보 보는 것만 잠깐 배우고 혼자 독학으로 풍금을 치다 보니 사실 엉망이었어요. 그걸 제대로 배우려니 힘들었죠. 죽기 아니면 살기로 쳤어요. 겨울에는 추운 강당에서 피아노를 치다 보니 손가락이 동상이 걸렸어요. 손끝이 따끔따끔 쓰리고 아팠지요."

당시 서라벌예대 음악과 교수는 '가고파' 작곡가 김동진, '섬집 아기' 작곡가 이흥렬, '자장가' 작곡가 김대현 등 한국을 대표하는 기라성 같은 교수들이었다. 이런 선생들에게 음악을 배운 것은 그에게 더할 나위 없는 재산이 됐다. 당시 서라벌예대는 2년제. 그래도 화성학, 청음학 등의 과정을 이수하면 교사 자격증이 나왔다.

그는 대학을 졸업한 후 다시 입대를 하려고 인천 병무청으로 갔다.

"입대를 하겠다고 했더니 안 된다는 거예요. 떼를 써서 재입영장을 받고 논산훈련소에 갔습니다. 그런데 엑스레이를 찍었는데 결핵 자국이 남았는지 그냥 가라는 거예요. 군의관을 붙잡고 매달렸습니다. 제발 나 군대 좀 보내달라고. 군의관이 남들은 어떻게 하면 군대를 안 갈까 하는데 너 같은 놈은 처음 본다고 막 뭐라 하더군요. 하도 매달리니까 나를 발로 걷어차고서는 군번을 줬어요."

부대에 입소하자마자 행정요원 시험을 봤다. 시험은 곱셈, 나눗셈, 뺄셈 같은 간단한 것들.

"제가 왜 초등학교 6학년 때까지 한글을 몰랐다고 했잖아요. 그러니 초등학교 졸업할 때까지 곱셈은커녕 더하기 빼기도 못했어요. 오죽하면 우리 어머니가 새벽마다 교회 가서 머리 나쁜 우리 석정이 공부 좀 잘하게 해주세요, 하면서 맨날 울면서 기도하셨겠어요. 그런데 중학교 때부터 머리가 트여서 공부를 하기 시작했어요. 그러니 군대에서 곱셈, 나눗셈 같은 건 일도 아니었죠."

그는 대전 병참학교에서 행정요원을 위한 교육을 받기 시작했다. 하루 온종일 군화를 신고 교육을 받다 보니 발가락에 무좀이 생겼다. 제때 치료를 받지 못하자 발가락에 고름이 줄줄 흘렀다. 그래도 교육을 안 받을 수 없었다.

교육이 끝난 후 40일 만에 배치 받은 부대는 춘천의 1103 야전공병대 군수과. 일요일이 되어 그는 부대 밖에 있는 군인 교회를 갔다. 교회에는 풍금이 있었다. 반가운 마음에 달려가 풍금을 쳤다.

"피아노를 치는군. 서 일병, 나하고 군종과에서 같이 근무합시다."

풍금을 치는 모습을 보고 군목이 제안했다. 군종과에서 근무하게 되면 일요일날 교회 반주를 하면서 지낸다. 군대에서 마다할 수도 없는 일이지만 그로서는 너무나 고마운 제안이었다.

"편하게 군대 생활을 했어요. 훈련도 받지 않고. 남들 다 빠지는 군대를 가겠다고 그렇게 우겨서 갔는데 그렇게 편하게 있다 올 줄 누가 알았겠어요. 교회가 부대 밖에 있으니 주일학교에서 동네 아이들을 가르치기도 했어요."

재대 후 1967년 3월, 경기 가평중학교로 발령받았다.

"그때는 대학에 음악과가 있는 곳이 그리 많지 않았기 때문에 어지간하면 다 채용이 됐어요. 서라벌예대가 2년제라고 해도 교사 자격증을 받았으니 음악 선생을 할 수 있었죠."

교사라는 안정된 직업을 갖게 됐다는 것이 좀처럼 실감

나지 않았다. 밥 굶기를 밥 먹듯 했던 그는 이젠 밥 걱정은 하지 않아도 됐다.

학교생활은 재미있었다. 음악을 하는 게 좋았던 청년은 학생들을 가르치는 일이 즐거웠다.

"가평중학교에서 3년 있다 용인중학교로 왔어요. 용인중학교는 제 모교 아닙니까. 감개가 무량했어요. 목사님 댁에서 힘들게 다니던 생각이 많이 났지요. 목사님이 아니었다면 용인중학교와 용인고등학교까지 다니기가 쉽지 않았으니까요."

그는 용인중학교를 거쳐 백암중학교, 그러다 용인고등학교를 거쳐 원삼중학교 교장으로 교직 생활을 마무리했다.

"서라벌예대가 나중에는 4년제가 됐지만 내가 다닐 때만 해도 2년제였으므로 교사 자격이 중학교에 한해서예요. 늘 2년제 딱지가 붙어 있었죠. 급여 호봉도 적고. 그래서 안 되겠다 싶어서 공부를 더했지요. 나라고 평생 중학교 교사만 하란 법 있냐. 그래서 안양성결대학 야간을 3학년에 편입하여 2년 다녔어요. 이후 경기대학교 행정대학원을 졸업했죠. 그래서 용인고등학교 교사로 갈 수 있었지요."

서라벌예대에서 전공은 음악이었지만 이후에는 행정학을 공부했다.

"중학교에서 고등학교 교사로 가고 보니 교감, 교장도 해보고 싶은 거예요. 욕심나고 열받는 건 자기를 발전시키는 것이거든요."

무엇을 하든 자기 욕심이 있어야 한다. 그는 자기 욕심이 강하다. 가난한 시골 소년을 고향의 중학교 교장으로 퇴직하게 한 원동력이다.

행정대학원까지 졸업했지만 교장이 되는 일은 요원했다. 승진을 하려면 외진 시골 학교로 가야 되는데 그는 다니는 교회를 빠질 수 없었다. 성가대 지휘를 하고 있었기 때문이다.

"제가 할아버지 때부터 교회 다녔다고 했잖아요. 나는 교회가 아니었으면 죽은 목숨이나 마찬가지였어요. 가난도 그랬고, 폐병도 그랬고, 군대생활도 그랬고. 내가 용인

장로교회에서 30년 성가대 지휘를 했어요. 내가 아무리 교장이 되고 싶다고, 벽지 점수를 따겠다고 교회 성가대 지휘도 그만두고 근무지를 옮겨 다니고 싶지는 않았지요."

그가 원삼중학교 교장이 된 것은 2000년. 그곳에서 딱 2년을 교장으로 근무하고 퇴직했다.

"퇴직했으니 이제 학교는 끝이다 싶었는데 남사중학교에서 교장으로 와달라고 연락이 왔어요. 남사중학교는 사립학교거든요. 이사장이 학교 발전을 위해 모시겠다고 해서 흔쾌히 갔죠."

남사중학교에서 3년을 더 교장직을 맡고 은퇴했다.

지금도 레크리에이션 강사를 하는 그는 누군가를 가르치는 일이 즐겁다. 다시 태어나도 그는 교사가 되고 싶다.

"나는 사랑이 제일 중요하다고 생각해요. 어떤 것보다 사랑만한 게 없어요. 제가 학생과장을 할 때 아이들을 한번도 야단친 적이 없어요. 야단을 친다고 바뀌지 않거든요. 사랑으로 가르쳐야죠."

용인고등학교에 근무할 때다. 여학생 한 명이 소위 '문제아'였다. 태권도 2단이었던 그 여학생은 자기 힘을 과시하며 친구들을 괴롭혔다. 돈도 뺐고 욕설을 하며 교사에게도 대들었다. 수업 시간에도 아랑곳하지 않고 교실을 들락거리며 수업을 방해했다. 모든 교사들이 그 학생 때문에 골치를 앓았다.

하루는 담임이 학생과장인 그를 찾아와 하소연했다. 도저히 학생을 맡을 수 없으니 자신이 학교를 그만두든지 학생을 전학시키든지 하게 해 달라는 것이었다. 그는 생각 끝에 말했다.

"선생님은 행정담임만 하세요. 생활지도는 제가 하겠습니다."

학생과장인 그가 학생을 맡기로 한 것이다.

그는 그 여학생을 유심히 살펴보았다. 가정환경이 어떤지 알아봤다. 문제는 가정에 있었다. 교사인 그가 가정 문제는 해결할 수 없는 일. 그는 그 학생의 특기가 무엇인지, 무엇을 좋아하는지 알아봤다.

"초등학교 때 특기가 무용이더군요. 얼굴도 아주 예쁜 아이였죠. 음악 시간에 그 학생에게 5분을 줄 테니 무용을 한번 해봐라 그랬죠. 처음엔 좀 쭈뼛거리더니 이내 춤을 추는데 기가 막히게 잘 추는 거예요."

그는 9명으로 구성된 학생 중창단을 만들었다. 그리고 중창단에 문제의 그 여학생을 넣었다. 중창단은 용인정신병원, 남사 선한사마리아원, 노인정 등 위문공연을 다녔다. 그때마다 그는 그 여학생에게 춤을 추게 했다. 공연을 보는 사람들이 모두 잘한다고 박수를 쳤다. 실제 소질이 있어 춤을 잘 췄다.

여학생은 조금씩 변화됐다. 얼굴 표정도 바뀌고 행동도 바뀌었다. 5월, 청소년의 달에 학교장 표창으로 봉사상을 주었다.

"학생이 확 변한 거예요. 수업시간에 조용한 건 물론, 선생님들께 인사도 잘하고, 장애우 학생 책가방을 대신 들어줬어요. 교실 청소도 잘하고 결석은 물론 지각, 조퇴도 안 했죠. 음악실 청소도 자기가 도맡아 하고 누가 시키지 않아도 피아노 커버를 빨아오곤 했어요."

졸업식 날 아침, 그 학생 어머니는 음료수를 사 들고 와서 말도 못하고 서서 울었다. 선생님 덕분에 졸업한다고, 정말 고맙다고. 그 학생은 졸업 후 일본으로 건너갔다고 풍문으로 들었다.

학교를 떠나면 저마다 다른 인생을 살아간다. 학교에 있는 동안 교사로서 학생을 최선으로 가르치는 것. 그것이 교사의 사명이라고 그는 생각하고 살았다.

그는 학교 밖에서도 자신이 교사라는 것을 잊지 않았다. 용인에서만 수십 년 교사를 하다 보니 언제 어디서 어떤 사람이 자기를 알아볼지 몰랐다. 지나가다 폐지 줍는 할머니를 만나면 음료수 사 드시라고 손에 돈을 조금 쥐어 드리기도 한다. 혼자 사는 이웃 할아버지 댁에는 쌀을 사다 드리기도 한다.

용인고등학교 재직 당시 가로등이 낮 10시까지 켜 있는 것을 보고 한 10년을 일일이 끄러 다니기도 했다. 자전거를 타고 다녔는데 넘어져 발목을 다치기도 하고, 갈비뼈가

금이 가기도 했다. 또 한 번은 자동차에 슬쩍 치이기도 하고, 빨리 소등하고 출근하려다 함석판에 눈을 찔리기도 했다. 겨울에는 동상이 걸리기도 했다.

"왜 그러고 다니느냐고 하는 사람도 많았죠. 그런데 누군가는 해야 하잖아요. 그걸 내가 하는 거지. 내가 먼저 하고, 다른 사람을 돕는 것만큼 즐거운 일이 없어요. 그게 행복이지, 행복!"

10년간 길거리 가로등을 일일이 끌 정도이니 그의 몸에는 절약 정신이 몸에 배어 있다. 교장으로 재직 시절, 교장실에 혼자 있는 동안에는 에어컨이나 온열기를 틀지 않았다.

"손님이 오면 어쩔 수 없이 시원하게 해야 하고 따뜻하게 해야 하지만 혼자 시원하게 하자고 에어컨 틀어 놓고 있을 수 없었지요. 그러니 손님이 온다고 하면 얼른 냉난방기를 켜고, 손님이 가면 얼른 끄곤 했죠."

지금도 마찬가지다. 그의 아들이 아버지 같은 사람 처음 본다고, 정말 존경한다고 말할 정도다. 자식 입장에서는 그래도 너무 더울 때는 시원하게 살고, 추울 때는 따뜻하게 지냈으면 하는 바람이 있지만 워낙 강한 아버지라 아무 말 못한다.

대학에서 작곡을 전공한 그는 군대 있을 때 군가를 작곡한 것을 시작으로 용인의 남사중, 포곡중, 용신중, 구성중, 수지중, 소현중, 죽전고, 백현고 등의 교가를 작곡했다. 또 용인시 남사면가, 이천시 대월면가를 각각 작곡했다.

사람은 죽어서 이름을 남기고 호랑이는 죽어서 가죽을 남긴다고 했다. 그는 자신이 작곡한 노래를 사람들이 부르는 것이 좋다. 본인은 죽어도 교가는 남아서 후대 학생들이 그 노래를 부를 것이기 때문이다.

"내가 갖고 있는 재능을 다 쓰고 가고 싶어요. 돈을 받고 하는 것도 아녜요. 무보수죠. 그래도 얼마나 좋습니까. 내가 작곡한 노래를 부르는 거잖아요. 그것으로 족하지요."

음악 교사로 있으면서 합창반을 만들어 도내 합창경연대회에 나가 상을 받았던 일들도 생각하면 좋은 추억이다.

제아무리 나쁜 목소리라도 그의 합창단에 들어가면 아름다운 하모니를 만들어낸다고들 할 정도로 그는 합창 지휘에 탁월했다. 혼자 잘하는 것도 좋지만, 함께하는 합창이야말로 그는 음악이 주는 축복이라고 생각한다.

"집사람이 위가 안 좋아요. 한 1년 됐나. 목사님 딸로 백의의 천사예요. 얼굴에 악의라고는 전혀 없어요. 나이가 많아서 아프니 안타깝지요."

늘그막에 함께 재미나게 살아야 하는데, 그는 부인이 아픈 게 마음에 걸린다.

가난한 시절이 가고 젊음도 갔다. 그래도 그는 지금이 좋다. 언제나 활기차고 밝게 웃는 이유다.

"나이 80에 이렇게 건강하게 뛰어다닐 수 있는 게 얼마나 좋은 일입니까. 나를 찾는 곳이 있다는 것이 얼마나 행복한 일인지 몰라요. 남은 인생은 베풀고 가야지 생각합니다."

① **교사로서 가장 보람 있던 것은?**

불량 학생을 잘 지도해서 학교를 졸업시킨 것.

② **인생 좌우명은?**

할 수 있다. 젊은 시절 폐결핵을 앓았다. 어깨 관절이 안 좋아 칠판 글씨도 쓰지 못할 때도 있었고, 무릎 관절도 안 좋아 고생했다. 나이 든 지금 오히려 더 건강하다. 할 수 있다는 긍정적 생각으로 살아온 덕분이라고 생각한다.

③ **자녀들에게 해주고 싶은 말은?**

아들이 아버지를 존경한다는 말을 했을 때 참 기뻤다. 늘 자식들에게 하는 말은 사람다운 사람이 되라, 욕심 부리지 말라는 말이다. 인생 한 번 사는데 사람답게 살아야 하지 않겠나 생각한다.

꿈같은 인생,
아들 덕분에
꽃처럼 피어났다

손영자

1941년생

:

아침 6시 반, 눈을 뜬다. 창밖이 훤하다. 나이 먹으면 잠이 없어진다더니 정말 잠이 없어졌다. 젊은 시절에는 잠이 부족해 서서도 졸았는데. 언제 이렇게 나이를 먹었나.

어느새 80. 믿기지 않는 나이가 됐다. 옛날에는 환갑잔치를 할 만큼 짧게들 살다 갔다. 지금은 환갑은커녕 칠순도 하지 않는다. 70이라고 해도 젊다. 내 나이가 80이지만, 마음은 예나 지금이나 똑같다. 다만 몸이 옛날 같지 않을 뿐이다.

그래도 내 또래 사람들도 앞서거니 일찍들 간 사람이 많다. 나는 그래도 아픈 곳이 없다. 혈압이 높다거나, 당 수치가 정상이 아니라거나, 심장이 안 좋다거나 하는 게 없다. 그래서 약 먹는 것이 없다. 그렇게 고생하고 살았는데, 참 다행이다. 허리가 조금 안 좋아 가끔 힘들지만, 그것도 괜찮다. 살살 알아서 움직이면 된다.

아침밥을 해 먹는다. 늘 혼자 먹는 밥이지만 오늘 아침은 경남 창원에 사는 동생이 며칠 묵고 있는 중이어서 같이 상을 차리고 밥을 먹는다. 동생은 1년에 서너 번 집에 와서 같이 있는데, 고맙고 좋다.

반찬은 이웃에서 갖다 준 오이소박이와 오징어채를 밑반찬으로 아욱국을 끓였다. 텃밭에 아욱을 키우는데 한 움큼 잘라 조물조물 비벼 씻고, 쌀뜨물에 마른 새우 좀 넣고 끓이면 맛이 좋다. 계란 두 개를 깨뜨려 물을 적당히 넣고 새우젓으로 간을 해서 계란찜을 한다. 닭을 키우다 보니 싱싱한 계란을 매일 먹는다.

"언니, 이것도 먹어 봐. 맛있네."

동생 영환이 오가피 순을 내민다. 이웃집 오가피 밭에서

딴 순을 데쳐 된장에 무쳤는데 제법 맛나다.

머위 잎을 따서 쌈을 싸 먹는다. 머위도 집 주변에 지천이다. 내가 머위를 좋아하는 걸 알고 아들 진영이 이곳저곳에 심었기 때문이다.

혼자 먹는 밥보다 같이 먹으니 좋다. 동생과 이런저런 이야기를 자주 한다. 옛날 어렸을 때 이야기, 지금 사는 이야기. 특히 어제 일은 잘 기억이 나지 않는데, 옛날 일은 바로 조금 아까 겪은 것처럼 생생할 때가 많다. 참 신기한 일이다.

"언니, 공부 참 잘했어. 반장도 했잖아. 언니가 그때 고등학교를 갔으면 진짜 인생이 달라졌을 텐데."

"공부를 잘하긴 했지. 남들 하는 만큼은 했으니까."

그랬다. 반장도 하고, 남부럽지 않게 했다. 초등학교를 졸업하고 중학교를 시험을 쳐서 들어갔다. 온양여중. 온양에 처음 생긴 여자 중학교로, 나는 온양여중 1기 졸업생이다.

중학교를 마치고 고등학교도 진학하고 싶었다. 영어도

재미있었고, 국어도 재미있었다. 그러니 공주여고를 가서 공주사대(지금의 공주대학교)를 가고 싶었다. 그러나 가난한 집안 살림은 나를 중학교 졸업으로 마치게 했다.

"기성회비를 못 냈지, 맨날. 선생들이 학교 오지 말라고, 기성회비를 안 갖고 오면 아예 학교를 오지 말라고 했으니까. 아버지가 어떻게 돈을 만들어주면 그걸 갖다 내곤 했었어."

"언니는 착해서 그렇지, 난 기성회비를 안 내면 아예 학교를 안 갔어. 그냥 발 뻗고 딱 드러누웠지. 그럼 아버지가 어떻게 해서든 돈을 구해 오셔서 학교를 보냈지."

"그래도 아버지가 나는 고등학교를 못 보냈어도 너도 그렇고 동생들은 다 고등학교를 보냈어. 지금 생각하면 쉽지 않은 일인데 말이야."

그랬다. 동생들도 다 나이가 70 전후이니 그때 고등학교 진학은 쉽지 않았다. 그래도 아버지는 나 말고 동생들을 다 고등학교까지 졸업시켰다. 그래서 동생들 중에는 교사를 하는 이도 있고, 다들 번듯하게 잘 살아간다.

"언니, 근데 그거 기억나? 셋째 옥환이가 맨날 학교에 와서 언니 찾고 나 찾았던 거?"

교사로 퇴직한 셋째 동생 옥환이가 초등학교 1학년일 때 나는 4학년이었고, 둘째 동생 영환은 1학년이었다. 6·25전쟁이 끝난 후 학교에 다시 갔더니 4학년 때 전쟁이 터져 학교를 다니지 못했으니 그대로 초등학교 4학년으로 다니라고 했다. 세 살 터울 영환이 1학년이고, 그 밑에 동생도 입학을 해서 셋이 학교를 다녔는데, 옥환이 뭘 모르니 자꾸 나와 영환이에게 왔던 것이다. 똑똑하고 성격 좋은 옥환이는 모르는 게 있으면 그렇게 언니들 교실로 와서 물었다.

나는 충남 아산군 배방면에서 4녀1남 중 장녀로 태어났다. 아래로 여동생이 셋, 막내가 남자다. 아버지는 내가 초등학교 들어갈 무렵, 서울 청파동으로 이사를 했다. 시골에 살아서는 자식들 가르치며 먹고 살기 힘들다고 판단하신 것이다.

아버지는 솜씨 좋은 목수였다. 늘 일이 많았다. 어릴 적

기억에 엄마가 백화점을 갔던 기억이 난다. 그만큼 돈을 잘 벌었다는 것일 게다. 막내 여동생과 막내 남동생은 서울에서 태어났다.

열한 살 때 6·25가 터졌다. 사방에서 총소리가 났다. 무서웠다.

"인민군이 쳐들어온단다. 빨리 피난을 가야겠어!"

아버지는 자전거 뒤에 자리를 만들어 우리도 싣고 짐도 실었다. 우리는 자전거를 타고 한강 다리를 건넜다. 보따리를 이고 지고 걷는 사람이 더 많았다. 자전거 위에서 보니 한강 물이 찰랑거렸다. 무서웠지만 부모님이 계셔서 그런지, 총소리를 안 들어서 그런지 덜 무서웠다.

피난 가는 길에 먹을 것을 사기 위해 장을 보다 다섯 살이던 셋째 동생을 잃어버리기도 했다. 엄마와 울면서 동생을 찾아다녔는데, 떡장수 할머니가 길 잃고 우는 아이가 있어 데리고 있다고 말했다. 동생을 본 순간 엄마와 다 같이 부둥켜안고 한참을 울었다.

아버지는 안성 고모네 집에 동생과 나를 잠시 맡겨놓은

후 나중에 할아버지가 계신 온양온천으로 데리고 갔다. 피난을 가면서 다리가 아파 엉엉 울면서 갔다. 울다 길가에 조 이삭이 늘어진 것을 보고 신기해서 울음을 그친 기억도 난다.

피난을 갔지만 할아버지 집이라고 안전하지만은 않았다. 인민군으로 끌려간다고 삼촌들은 다락방에 숨고, 밀밭에 숨어 지냈다. 인민군들은 수시로 쳐들어와 삼촌들을 찾았다. 여자들도 겁탈한다는 소문에 다락방에 숨어 지내는 일이 많았다. 용케 삼촌들도 끌려가지 않고, 여자들도 안전했다.

그러다 가족은 또 더 아랫지방인 고모네로 피난을 떠났다. 밤새 따발총 소리가 더 심해진 겨울이었다.

"아이고, 김장이랑 다 해놓았는데 이걸 지고 갈 수도 없고 어쩌나."

"그깟 김장김치가 뭐 대수라고, 사람이 죽게 생겼는데."

할머니와 엄마는 김장을 해놓고 떠난다는 걸 가장 아쉬워했다.

피난생활을 끝낸 후 집으로 돌아오자 집에는 피난민들이 가득차 있었다. 할머니와 엄마가 안타까워했던 김장독은 다 비어졌고, 쌀독도 비어졌다. 피난민들로서는 빈 집이니 들어온 것이고, 그 집에 김장김치며 쌀이 있으니 먹는 것이 당연할 것이다. 그러나 우리로서는 너무나 황당한 일이었다.

"이거라도 ……."

사슴뿔, 즉 녹용 조각이었다. 그들은 우리 식량을 축내고 미안한 마음을 녹용 조각으로 대신했다. 엄마는 나중에 그 녹용 조각을 막내 남동생에게 달여 먹였다.

귀한 아들이라고 엄마는 막내 남동생을 각별하게 여겼다. 분유를 먹였는데, 여동생들은 그 분유를 몰래 꺼내 먹곤 했다.

서울 살 때는 그래도 밥을 먹었던 기억이 난다. 그런데 할머니 집에서는 보리와 감자가 주식이었다. 그게 넘어가지 않았다. 어린 마음에 먹기 싫다고, 밥을 먹고 싶다고 하면 할머니가 회초리로 야단을 쳤다.

"이것도 귀한 줄 알아야지, 어디서 못 먹겠다고!"

서울 살다 피난을 간 직후, 시골살림은 더 팍팍했을 터. 지금 생각하면 철이 없었지만, 어린아이니 당연한 말이었을 것이다.

어느 날 할아버지는 양반집 잘 배운 아들이라며 선을 보게 했다. 인물은 훤칠했다. 성격도 좋아 붙임성도 있었다. 비록 선을 볼 때는 고개만 숙이고 있었지만, 괜찮아 보였다. 그 남자는 선을 본 후 우리 동네로 와서는 할아버지 사랑방을 자주 들락거렸다. 혼인 말이 오갔다.

"전 싫어요."

남자가 싫지는 않았지만 혼인하기는 싫었다. 남자가 고등학교까지 졸업했으면 나가서 직장을 잡고 일을 하고 있어야지, 시골에서 농사를 짓고 있다는 게 영 마음에 들지 않았다. 집도 가난했고, 8남매 중 맏이였다.

"그래도 맹씨 집안 아니냐. 맹씨 집안이면 두말할 것도 없는 양반 집안이다. 학력 좋지, 인물 좋지, 가난한 게 흠이

다만 사람이 좋으니 설마 제 식구야 굶겨 죽이기야 하겠냐."

집안 어른들은 혼인을 서둘렀다. 싫다고 했지만, 어른들 말씀이 틀린 것도 아니었다. 설마 굶기야 하겠어. 내 나이 스물 셋이었다.

남편은 정미소를 운영했다. 친정 부모 말대로 성격이 좋다 보니 사업을 잘했다. 가난해서 싫다고 했던 말이 민망할 정도로 정미소는 잘됐다. 하루 방아를 찧으면 쌀 한 가마가 생겼다. 당시 쌀은 곧 돈이었다. 그 쌀을 팔아 돈을 만들었다. 추수철이 되면 밤을 꼬박 새우면서 일했다. 방앗간에는 쌀가마가 그득 쌓이기도 했다.

그래도 식구가 10식구였다. 남편과 나, 그리고 시부모님과 시동생, 시누이들이 다 입이었다. 입이 많으면 무섭다. 뿐만 아니라 10식구의 밥도 밥이지만, 시동생과 시누이들을 가르치고 결혼시키기까지 다 정미소를 하는 남편이 해야 될 몫이었다. 남편은 그 일을 묵묵히 잘해냈다.

그 시절 나는 돌아서면 밥하는 게 일이었다. 10식구 밥상을 차리고 설거지, 다시 밥상 차리고 설거지. 그러는 동안 나는 첫아들 진영을 낳았고, 진숙, 진희, 진옥 딸 셋을 내리 낳고, 막내아들 금영을 낳았다. 그 세월이 딱 16년이다. 그리고 그 16년의 세월이 어느 날 와장창 깨지고 만다.

"아저씨가 사고가 났어요!"

동네사람이 뛰어와 말을 하는 순간에는 어안이 벙벙했다. 이 사람이 무슨 말을 하는 거지. 뭐라는 거야. 그리고 순간 무릎의 힘이 탁 풀렸다. 병원으로 달려가는 동안 무슨 정신으로 갔는지 기억조차 없다. 남편은 이미 의식이 없었다. 그대로 뇌사 상태로 두 달 반을 있다 남편은 저 세상으로 갔다.

남편은 오토바이를 탔다. 정미소도 하고 사람이 좋다 보니 동네 일을 이것저것 많이 봐줬다. 사고가 나던 날도 동네 사람 하나가 당신네 아들 등록금을 부치러 읍내에 나가야 하는데 형편이 여의치 않다며 남편에게 부탁을 한 터였다. 남편은 부리나케 오토바이를 타고 읍내로 내달렸다 돈

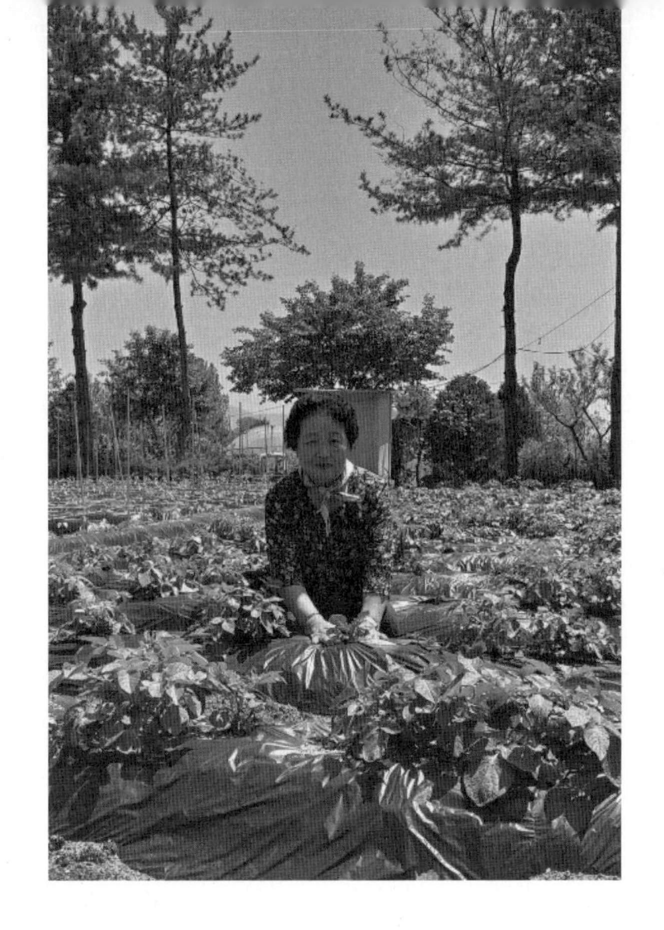

아들이 마련해준 시골집. 너른 땅에 감자도 심고
고추도 심었다. 배추를 심어 김장도 한다. 동생
영환이가 가끔 와 며칠씩 묵고 간다.
좋은 시절이다.

을 부치고 돌아오는 길에 자동차와 부딪쳤다.

지금처럼 cctv가 있는 것도 아니고, 사고 현장을 목격한 사람도 없었다. 경찰에서도 뺑소니를 친 자동차를 찾을 수 없었다. 하루아침에 남편이 그렇게 되자 그야말로 미치고 팔딱 뛸 노릇이었다. 남편에게 돈을 부치라고 심부름을 시킨 사람을 찾아가 울부짖었다.

"살려내! 살려내라고!"

심부름을 시킨 사람이 잘못한 게 아니라는 걸 알면서도 나로서는 그 사람밖에 하소연할 데가 없었다. 그 사람밖에 다그칠 사람이 없었다. 멀쩡한 사람이 하루아침에 사고로 의식 없이 누워 있다 세상을 떴는데 제 정신일 수는 없는 일이지 않은가. 큰아들 진영이 중학교 3학년. 다섯째 막내 아들이 이제 여섯 살이었다.

아침에 눈을 뜨면 하루를 살아갈 일이 막막했다. 옆에 누운 자식들을 보면 더 기가 막혔다. 이것들을 애비 없이 어떻게 키우나. 눈가가 짓무르도록 눈물밖에 나오지 않았다. 그래도 산 목숨은 살아야 해서 나는 일어나 밥을 짓고,

아이들을 학교로 보냈다.

그렇게 1년을 살고 보니 살 수가 없었다. 남편 없는 집에서 시부모와 다섯 아이를 데리고 살아가는 일은 희망이 없었다. 남편이 했던 정미소는 시동생이 맡아서 하고 있었다. 밥은 먹는다고 하지만, 사람이 밥만 먹고 살 수는 없는 일이다.

쪼르륵 잠든 아이들을 볼 때마다 그 생각은 더 간절해졌다. 아이들을 제대로 키우려면 공부를 시켜야 하는데, 이렇게 있어서는 아이들 공부를 가르칠 수가 없었다.

'이렇게 살 수는 없어.'

나는 집을 떠나기로 했다. 돈 한 푼도 없이 떠나는데 아이들을 데리고 떠날 수는 없는 일. 내가 당장 떠나도 할머니 할아버지가 있으니 아이들은 챙겨줄 것이고, 시동생이 남편 대신 방앗간을 하니 거기서 애들 치다꺼리는 할 수 있겠지 싶었다. 나는 서울로 올라왔다.

"아줌마!"

사람들은 나를 그렇게 불렀다. 내가 처음 일한 곳은 서울 남대문의 한 경양식집. 지금은 경양식이라는 말도 잘 쓰지 않지만, 70년대 말 당시에는 경양식집이 고급 양식당이었다. 동생 남편이 큰 호텔에서 일하고 있어 그 소개로 들어갈 수 있었다.

주방에는 주방장을 비롯한 남자 요리사 4명이 있었다. 나는 다른 여자와 같이 주방에서 그들을 도와 허드렛일을 했다. 야채를 다듬고 설거지 등을 했는데, 주 업무는 그들의 식사 준비였다. 밥을 하고, 반찬을 만들었다. 내가 하는 반찬이야 간단한 반찬거리 정도였고, 그들은 주방의 남은 재료로 뚝딱 요리를 만들어 먹곤 했다.

주방 규칙은 엄했다. 아침 9시가 되면 깨끗한 복장으로 주방에 딱 서 있어야 했다. 주방장 눈에 조금이라도 밉보이면 안 됐다.

주방에서는 주방장이 최고였다. 다들 주방장에게 잘 보이려고 애썼다. 나도 주방장에게 잘 보이려고 식사 때가 되면 따끈한 밥을 지어 주방장에게 갖다 주곤 했다. 주방장이 다른 곳으로 가면 주방장은 우리를 데리고 갔다.

요즘은 어떤지 모르겠지만 주방장은 직장을 바꿀 때 그렇게 팀을 다 끌고 다녔다. 부주방장은 물론, 밑에서 일하는 요리사와 나 같은 사람도 데리고 가야 주방에서 일하기가 편하기 때문이다. 따라서 주방장이 바뀌면 새로운 주방장이 자기 팀을 데리고 들어와서 일을 하기 때문에 더 일을 하고 싶어도 할 수가 없는 경우가 생겼다. 그러니 주방장에게 밉보이면 그걸로 끝이었다. 다시 일을 구하기가 쉽지 않았다.

서울에 올라와 낯선 사람들 속에서 사는 일은 힘들었다. 종일 식당에서 일하고, 잠도 식당에서 잤다. 방 한 칸 마련할 돈이 없는 나로서는 숙식을 해결하니 최고의 직장인 셈이었지만 종일 식당 밖을 나가지 않는 날이 허다했다.

공식적으로 쉬는 날은 한 달에 딱 두 번. 그러나 그나마도 한 번은 나와서 주방 식구들 밥을 해주라고 했다. 왜 한 달에 두 번 쉬게 해준다고 해놓고 나오라고 하느냐며 따질 수도 없는 일. 나오라면 나가서 일을 해야 했다.

하루 종일 서서 일하다 보니 밤이 되면 발이 퉁퉁 부었다. 종아리도 아팠다. 애들 생각이 간절했다. 고등학생이 된 큰아들 진영이의 모습도, 공부를 잘하는 딸 진숙이도, 그 아래 똘똘한 진옥이와 진희, 막내 금영이의 모습을 하루도 잊은 날이 없다.

아이들이 보고 싶어서 울고, 다리가 아파서 울고, 내 신세가 한탄스러워 울었다. 내가 어쩌다 이렇게 됐을까. 먼저 간 남편도 원망스럽고, 남편에게 심부름 시킨 이웃도 원망스러웠다. 낮에는 화장실에 가서 울고, 밤에는 잠자리에서 울었다.

그러나 언제까지 울면서 지낼 수는 없는 일. 나는 이를 앙다물었다. 내가 살아야 자식들도 산다 싶었다. 정신 바짝 차리고 살지 않으면 자식도 못 보겠다 싶었다. 우느라 세월을 보낼 수는 없었다. 자식들도 떼놓고 왔으니 독하게 벌어서 돈을 모아야 했다.

"아이들 좀 데리고 가시죠. 이젠."

조금 시간이 지나자 아이들을 데리고 있던 시동생이 말했다. 모른 척했다. 방앗간을 하니 설마 애들을 굶기겠는가 싶었다. 말이 그렇지, 당신 애들 키우면서 남의 자식 데리고 있는 게 어디 쉬운가. 미안했다. 그래도 눈 딱 감았다.

"방 한 칸이라도 마련해서 아이들을 데리고 올라가라. 애들은 지 어미가 거둬서 키워야지. 내가 고생스러워 그러는 게 아니다."

나 대신 아이들을 키우는 시어머니도 성화였다. 시어머니는 나 대신 아이들 키우느라 고생을 많이 하셨다. 장에 가서 나물을 팔아 아이들 용돈으로 쥐어 주곤 했다. 그래도 당장 데리고 올 형편이 안 되는 나로서는 독하게 마음먹고 모른 척했다. 방 한 칸이라도 마련할 돈이 있어야 아이들을 데리고 오지. 나는 악착같이 돈을 모았다.

아이들은 공부를 곧잘 했다. 다들 머리도 좋았고, 저들도 열심히 했다. 나는 제대로 배우지 못했어도 자식들은 공부를 시켜야 했다.

'내가 혼자라고 못할 게 뭐야. 왜 애들 공부를 못 시켜.'

큰아들 진영이 대학에 합격했다. 그동안 모은 돈이 300만원이었다. 그 돈을 아들 등록금으로 헐어 썼다. 당시 등록금이 60만원. 조금 더 돈을 모아 변두리에 작은 집을 얻어 아이들을 데리고 올라와 살까 했었지만, 대학 진학이 더 중요했다. 공부는 때가 있어서 그때를 놓치면 쉽지 않다.

"아니, 네 형편에 무슨 아들 대학을 보내느냐. 어서 애들이나 데리고 올라가지."

대학을 보낸다고 시어머니는 성화였다. 애들을 데리고 갈 생각을 하지 않는다는 것이었다. 난들 왜 애들을 데리고 오고 싶지 않겠는가. 밤마다 눈에 밟히는 게 자식인데. 길거리에서 교복 입은 학생만 봐도 내 아들 같고 내 딸 같아 금세 눈이 벌개졌는데.

아무리 할아버지 할머니가 잘해주고, 작은아버지가 잘해준다고 해도 아이들은 남의 집에서 사는 것이었다. 부모 밑에서 땡깡도 부리고, 서로 싸우면서 커야 하는데 지들끼리 삼촌네 집에서 살면서 눈칫밥을 안 먹을 수가 없었을 것이다. 큰 것은 큰 것대로, 작은 것은 작은 것대로 다들 마음이 다쳤을 것이다.

특히 큰아들 진영이는 제 삼촌한테 부대끼고 나한테 부대끼고 중간에서 고생을 많이 했다. 귀하게 태어난 자식들인데, 생각하면 참 미안한 일이다. 부모를 잘못 만나 어린 것들이 그 고생을 했으니. 그러니 오직 돈을 모으고 또 모을 수밖에 없었다.

"아무래도 안 되겠어요. 학교 그만 다니고 돈 벌어야겠어요."

어느 날, 대학을 다니던 큰아들 진영이 가방을 들고 왔다. 저도 힘들고, 나 고생하는 것도 보기 힘들고, 동생들도 가르쳐야겠다는 것이었다.

"뭔 소리야. 당장 돌아가. 학교는 마쳐야지."

어깨 힘이 쭉 빠진 아들을 그냥 돌려보낼 수 없어 닭 한 마리를 사다 볶아서 따끈한 밥을 해서 먹여 보냈다. 저도 오죽하면 학교를 그만두겠다고 할까 싶어 마음이 아팠지만, 그래도 학교를 마치고 무슨 일을 해도 해야 한다고 생각했다.

지금도 진영에게 미안한 것은 대학 때 용돈이라고 매달 3만원밖에 주지 못한 것이다. 등록금 댈 때마다 여기저기 빌려서 주는 형편이다 보니 용돈 한 번 제대로 못 줬다. 스스로 용돈을 벌어 학교를 다녔다.

대학을 졸업하고 곧바로 취직한 진영이는 동생들 뒷바라지를 했다. 둘째 진숙이만 고등학교 마치고 공무원 시험에 합격해서 집안을 돕고, 나는 나대로 일을 해서 그 아래 아이들 대학 공부를 시켰다. 대학 등록금은 지금 생각해도 무섭다. 줄줄이 대학을 다니다 보니 돈을 모으려야 모을 수가 없었다. 그래도 자식들 키우고 공부를 시켰으니, 그것이 통장 잔고보다 훨씬 더 좋은 일이다.

나는 요리사들에게 틈틈이 몇 가지 요리를 배우기도 했다. 생각하면 일하는 것이 힘들었지만 이렇게 저렇게 도와주는 사람들이 많았다. 잔뜩 쌓인 설거지를 하고 있으면 함께 일하는 사람이 와서 슬그머니 도와주기도 했다. 나중을 생각해서 그래도 몇 가지 요리라도 배웠으면 좋겠다 했더니 요리사들이 이것저것 알려주기도 했다. 세상은 어디서

든 그렇게 서로 돕고 사는 것이구나 싶다.

나는 요리 몇 가지를 할 줄 아니 작게라도 내 가게를 하나 차릴 생각이었다. 그러면 월급 받는 것보다 낫겠다 싶었다. 그런데 셋째 진희가 결혼해서 아이를 낳았다. 학교 영양사로 취직을 했는데, 아이를 봐줄 사람이 없다고 동동거렸다.

"엄마, 내가 많이는 못 주더라도 엄마 용돈 조금 드릴 테니까 우리 애 좀 봐줘."

어린 것들을 두고 집을 떠나온 나였다. 그 어린 것이 어느새 커서 결혼을 하고 아이를 낳았다. 그야말로 눈에 넣어도 아프지 않을 만큼 귀한 자식들. 나는 식당을 그만뒀다. 식당 일을 한 지 18년 만이었다.

옛날이야기를 잘하지 않고 딱히 할 일도 없는데, 어쩌다 보니 말이 많아졌다. 젊었을 때는 하루하루가 그렇게 길고 힘들기만 하더니 요즘은 아침에 눈을 뜨면 어느새 저녁이 된다. 시간이 휙휙 가버린다.

지금 내가 사는 곳은 용인시 처인구 원삼면 사암리. 10년 전쯤인가, 어느 날 큰아들 진영이 날 이곳으로 데리고 왔다.

"함께 가볼 곳이 있으니까 그냥 따라만 오셔."

아들 차를 타고 이곳으로 오는데 저수지도 있고, 주변 산세가 좋았다. 드라이브 삼아 어디 밥 먹으러 가는 줄 알았는데 어떤 집으로 차를 쑥 밀고 들어갔다. 너른 땅에 푸른 잔디가 깔려 있고, 그야말로 그림 같은 집이 보였다.

"내가 지은 집이야."

진영이는 아무도 몰래 혼자 땅을 사서 집을 한 채 짓고, 정원도 좋게 꾸며놓았다. 믿기지 않았다. 집 짓는 게 쉬운 일도 아니고, 이렇게 좋은 집을 지어놓다니. 눈물이 났다. 서울 사는 아파트도 얼마나 좋은데, 이런 좋은 집을 지어 놓았다니.

내친 김에 아들 자랑을 하지 않을 수 없다. 힘들게 대학을 졸업한 진영이는 작은 회사에 들어가 영업 일을 시작, 얼마 지나지 않아 사무실을 하나 얻어 독립했다. 월급만으로는 줄줄이 딸린 동생들도 그렇고, 제 가정도 힘들겠다 생각했던 모양이다.

진영이는 제 아버지를 닮아 사업 수완이 좋았다. 얼마 지나지 않아 사무실을 조금 크게 옮기더니 나중에는 서울에 건물도 하나 살 정도로 잘했다. 처음 회사 규모가 커질 무렵 막내 금영을 데리고 같이 일을 했는데, 금영이도 아버지와 형을 닮아 사업을 잘했다.

내 아들들이지만 둘 다 성격이 좋다. 서글서글해서 사람들에게 잘한다. 사업은 적당히 운도 따라야 하는데 운도 좋았다. 진영이는 금영이를 데리고 일한 지 8년 만에 독립을 시켰다. 1년치 월급을 챙겨서 사무실을 내줬다. 지금은 각각 사업체를 잘 운영하고 있다.

뿐만 아니라 진영이는 동생들 뒷바라지를 다했다. 동생들이 다 큰 후에도 큰일이 있을 때마다 동생들을 챙겼다. 장남 역할은 물론 일찍 간 제 아버지 몫까지 했다. 집안 기둥 역할을 한 것이다.

"이젠 아무 걱정 말고 그냥 편하게 지내시라고."

진영이는 늘 말한다. 그래서 나는 지금 너무 편하게 지낸다. 젊은 시절 고생할 때 일이 그냥 꿈같다. 그런 시절도 살았구나 싶다. 막막했던 시절. 아들 덕분에 남부럽지 않게 살 수 있게 될 줄은 꿈에도 몰랐다. 저만 잘 살아도 고마운 게 부모 마음인데 동생들 챙기랴, 집안일 챙기랴 늘 마음 쓰는 아들.

혼자 있는 나 생각해서 주말이면 서울에서 내려와 하룻밤을 자고 가기도 하고, 주중에 불쑥 와서 밥을 사주고 가곤 한다. 냉장고 문 한 번 열어보고 잔소리도 빼놓지 않는다.

"이런 건 그냥 버리셔."

어쩌다 먹고 남은 걸 아까워서 넣어놓으면 그때마다 용케 와서는 한마디 한다. 내가 궁상맞다고 생각하는 것이다. 늘그막에 아들 잔소리 들으며 지내도 좋다. 남편한테 못 들었던 잔소리, 이제 남편이 죽을 때보다 훨씬 나이 먹은 아들에게 잔소리를 듣는다.

"언니, 이젠 부러운 거 없지?"

"그럼, 내가 지금 부러울 게 뭐가 있겠냐. 세상 부러울 거 없다."

동생 영환이도 웃고 나도 웃었다. 동생이라도 결혼해서 각자 살다 보니 사는 형편을 자세히 몰랐다. 이렇게 살아온 이야기를 늘어놓으니 동생이 눈물을 훌쩍거렸다. 나는 그 옛날 하도 울어 이젠 눈물이 없는데.

처음 시골로 들어와 살 때는 적적해서 어떻게 사나 싶었는데 이렇게 동생들도 가끔 와서 며칠씩 묵고 간다. 좋은 이웃은 나를 심심하게 내버려 두지 않고, 아들과 딸들이 심심찮게 들른다.

아들이 마련해준 이 좋은 집에서 나는 닭을 키우고, 머위를 키우고, 상추를 키운다. 봄이면 아들네와 딸네가 모두 와서 감자를 심고, 고추를 심는다. 쑥을 뜯어 떡을 해서 다들 나눠 먹고, 가을에는 고추 따서 말리고, 들깨 털어 기름을 짠다. 그리고 배추 심어 김장을 하고 아들네 딸네 모두 넉넉히 갖고 간다. 자식들이 자동차 트렁크에 한가득 싣고 가는 걸 보면 배가 다 부르다. 이렇게 사는 게 사는 것이지, 싶다. 이렇게 자식들이 잘 사는 모습을 일찍 간 남편도 봤으면 좋으련만, 뭐가 그렇게 급하다고 서둘러 갔을까.

며칠 전에는 사진을 여러 장 찍어서 자식들 앞에 내놓았다.

"맘에 드는 거 한 장씩 갖고 가라. 나중에 나 보고 싶으면 사진들 들여다봐."

"엄마는 무슨 사진을 갖고 가라고 해? 난 안 갖고 가."

딸들이 펄쩍 뛰었다. 그리고는 아무도 사진을 갖고 가지 않았다. 아직은 때가 아니라고 저희들 마음이 말했을 것이다. 하지만 언제 그때가 올지 모른다. 내가 가고 나면 아마 그때 생각들을 하겠지.

꿈같은 인생이 간다. 꿈같은 인생의 끝이 아들 덕분에 꽃처럼 활짝 피어났다. 끝이 좋아야 한다는데 나는 아들 덕분에 잘 산다. 고맙다, 진영아.

*이 글은 손영자 씨의 구술을 받아 1인칭으로 정리한 것이다.

 **살면서 가장 잘한 일은?**

큰아들 진영이 대학 보낸 것. 대학 보낸다고 성화였던 시어머니는 돌아가시기 전 내 손을 붙잡고 고생시켜서 미안하다고 울면서 말씀하셨다.

② **자녀들에게 꼭 하고 싶은 말은?**

진영아, 고맙다. 그리고 진숙, 진옥, 진희, 금영이 너희들은 큰오빠한테 잘하고 살아야 한다. 지금처럼 형제간 우애있게 살기를 바란다.

③ **내게 인생이란?**

옛날이야기다. 옛날에, 하고 이야기를 하는 것처럼 80 평생이 갔다.

아내 덕분에 이토록 좋은 시절을 보낸다

염강수

1941년생

:

"나 비닐하우스에 가서 애들한테 보낼 상추 좀 뜯어올게요."

텔레비전을 보고 있던 남편에게 부인은 말하고 나갔다. 그런데 잠시 후 남편은 집 이곳저곳을 돌아다니고, 잠시 후에는 이웃집에까지 가본다.

"혹시 우리 집사람 여기 안 왔어요?"

그렇게 돌아다니는 동안 부인은 상추 한 바구니를 뜯어 집에 들어왔다. 남편은 아내를 보자 얼굴이 환해진다.

"아이고, 내가 아까 비닐하우스에 간다고 말했는데 그새 잊어 먹으셨구만. 애들 주려고 상추 좀 뜯어왔어요."

부인이 웃으며 말한다.

부인 최창희 씨에게 남편 염강수 씨는 언제나 하늘이다. 요즘 세상에 하늘이라니, 젊은 사람들이 들으면 큰일날 소리지만 최씨는 언제나 남편을 존중하고, 그의 뜻을 따른다. 어느새 세월이 가버려 남편의 나이가 80이 됐고, 어쩌다 가끔씩 깜빡깜빡하지만 그래도 최 씨는 남편이 한 시절을 그 누구보다 풍성하게 보냈다는 것을 안다. 그래서 안타까운 마음으로 남편을 더욱 극진하게 대한다.

"젊었을 때 따라다녔던 것처럼 지금도 날 그렇게 따라다니네요."

최씨가 크게 웃으며 말했다. 순간 그녀의 젊은 시절이 훅 지났다. 젊고 당당했을 그녀를 따라다녔을 남편의 모습. 부부의 인연이란 참 묘해서 이 사람이다, 싶은 그 순간이 있다. 사랑을 하고, 그래서 결혼을 하고 아이를 낳고 살아간다.

염강수 씨는 요즘 들어 부쩍 정신이 깜빡한다. 금방 있었던 일도 깜빡하고 옛날 일도 어떤 부분은 기억이 나지 않는다. 그래도 어느 한 시절 이야기들은 마치 어제처럼 생생하게 기억한다. 어린 시절 이야기를 해달라고 했더니 거침없다.

"제가 종로 6가 충신동에서 태어났어요. 4남매 중 장남으로 태어났는데 아버지는 일본 철도학교를 나와 철도 계통에서 일을 했어요. 사무실이 반도호텔에 있었지요. 해방된 후에는 적십자병원 사무국에서 일을 하고. 외가가 조선 말기에 큰 벼슬을 지냈어요. 창신동 일대 외삼촌 땅을 밟지 않으면 지나갈 수 없다고 했었죠. 그 땅을 나중에 다 소작농에게 나눠줬다고 했어요. 잘살았어요."

그의 눈에 창신동 대궐 같은 집이 보이는 듯했다. 그 큰 집에서 조부모와 부모의 사랑을 듬뿍 받으며 이리저리 뛰어다니는 모습. 그에게 꿈처럼 지났을 시간들.

그의 아버지는 아침이면 정장 차림으로 집을 나섰다. 출근이 아니더라도 '젠틀맨'이었던 아버지는 문밖을 나설 때면 언제나 정장 차림이었다. 자신에게도 엄격하고, 자식들에게도 엄격했던 아버지였다. 나이 마흔에 첫 아들을 낳았으니 아들을 퍽 귀하게 여겼지만 지금 사람들처럼 자상하게 사랑을 베풀지 않았다.

어머니는 여장부였다. 충신동 일대에서 어머니를 모르는 사람이 없을 정도였다. 큰 계를 조직해 계원들을 데리고 당시 택시를 불러 타고 야유회를 갈 만큼 배포가 컸다.

어린 강수는 깜찍한 교복을 입고 유치원을 다니고, 효재초등학교를 다녔다. 부잣집 도련님.

아버지가 좋아하는 생선 반찬만 있는 날은 생선 냄새가 싫다고 반찬 투정하면서 귀하게 자라던 시절은 그러나 그리 오래 가지 못했다. 아버지는 회사를 그만두고 고무신 수입상을 시작했는데 그것이 당신 생각처럼 잘 되지 않았고, 엎친 데 덮친 격으로 어머니와 함께 계를 하던 사람들이 곗돈을 타서 사라지는 일이 일어났다.

집안이 기우는 데는 그리 오래 걸리지 않았다. 초등학교 6학년 때 어머니가 심장마비로, 고등학교 1학년 때 아버지가 돌아가시고 만 것이다. 귀하게 떠받들면서 키워지던 아이의 운명은 순식간에 나락으로 떨어졌다.

"어머니가 돌아가신 후 아버지는 사대부중과 사대부고를 졸업하고 빨리 사회에 나가서 돈을 벌길 바라셨어요. 어머니도 안 계시고, 아버지 나이도 있고. 무엇보다 당신 건강이 안 좋았으니까요. 그때는 중학교도 시험 봐서 들어갈 땐데, 사대부중 시험을 봐서 됐어요. 그런데 외삼촌이 달려와 무슨 소리냐, 경복중학교로 가라고 했죠. 고등학교 때도 마찬가지였어요. 사대부고 시험을 봤는데, 경복고로 가야 한다고 해서 경복고로 입학을 했죠. 그러나 도저히 내가 고등학교에 진학할 형편이 아니었어요. 고등학교 1학년 때 아버지까지 돌아가시고 나니 어떻게 더 이상은 학교를 다닐 수가 없더라고요."

남들 못지않게 공부를 했던 소년 강수. 공부를 하지 않으면 어린 조카의 앞길이 어떨지 훤히 보였던 외삼촌 영향으로 당시 명문이었던 경복고등학교까지 들어갔지만 결국 그만둘 수밖에 없었다. 졸지에 아래로 동생이 셋이나 딸린 소년가장이 되고 말았기 때문이다.

“학교를 다니면서도 신문배달을 하고는 했어요. 새벽에 신문을 배달하고 학교에 가느라 늘 지각을 하곤 했죠. 아버지 친구 분이 역장을 해서 그 ‘빽’으로 청량리에서 청평까지 가는 기차를 타고 신문을 팔기도 했어요. 고생한 얘기 다 못해요. 그걸 다 어떻게 해. 허허허.”

이런저런 잡다한 막일을 하다 집안 형 소개로 재봉틀 조립공장에 가서 일을 했다. 가정용 재봉틀이 처음 생산될 때여서 작은 공장들이 여럿 생길 때였다.

“처음엔 보조였지요. 하루 종일 일이 고됐어요. 젊은 내가 일하기에도 힘이 부쳤지요. 그런데 월급이 너무 적었어요. 그 돈을 받아 도저히 동생들하고 생활을 할 수가 없는 거예요. 더욱이 그 공장 사장은 사촌형으로 나와 같이 유치원을 다녔었어요. 자존심도 많이 다쳤죠. 그래도 다닐 수밖에 없었는데 아는 형이 여기 백날 있어 봤자 신세를 면하기 힘들다며 섬유 계통으로 가자고 하더라고요. 그래서 옮겼죠.”

어느 새 청년이 된 그는 유림패션이라는 작은 패션회사에 취직했다. 그곳에서 그가 한 일은 재봉틀 기사. 재봉틀 조립회사에 있다 왔으니 하루 종일 재봉틀을 돌리는 곳에서 재봉틀에 문제가 생기면 즉각 문제를 해결하는 게 그의 역할이었다. 별 탈 없이 살았으면 이공계 대학을 졸업해서 어쩌면 기술자가 되었을지도 모르겠다 싶을 만큼 그는 기계 다루는 일에 눈썰미가 있었다.

"동생들도 고생을 많이 했어요. 판잣집에서 다들 살았죠. 그러다 여동생 하나는 친구 어머니가 하던 산부인과로 어린 나이에 취직해서 떠났고, 막내 여동생은 양친회(*포스터 페어런츠 플랜Foster Parents Plan, 전쟁 직후인 1953년부터 1979년까지 전 세계 후원자들의 지원을 받아 전쟁 고아등을 지원했던 단체)를 통해 캐나다의 양부모에게 고등학교 졸업할 때까지 학비와 생활비를 지원받았어요. 그 힘으로 고등학교를 졸업했죠. 남동생도 제가 데리고 살아보려고 애를 많이 썼지요."

그는 군대도 미루고 미루다 늦게 갔다. 동생들 때문이었다. 휴가 나와서도 휴가 기간 내내 일을 해서 동생들 쌀을 팔아주고 들어갔다. 비록 자신은 부러진 안경테를 테이프로 돌돌 감아 쓰고 있더라도 동생들 먹을 것만큼은 어떻게 해서든 챙겨 줘야 속이 편한 사람. 염강수 씨의 이야기를 듣는데 그 시절 동생들을 데리고 살아보려고 이리 뛰고 저리 뛰고 살았을 청년의 모습이 눈에 선했다.

섬유회사에서 일하던 청년은 또 친구의 권유로 직종을 바꾼다. 이번엔 가발이었다.

"내가 가발을 뭐 알겠어요. 그런데 그때 우리나라에 가발공장이 많이 생겼거든. 70년대 초였죠. 나는 '미싱'을 고치는 사람이었죠. 기계를 만지는 사람이었으니까 한 군데 있지는 않았어요. 지금처럼 큰 공장이 있는 게 아니라 작은 공장들이 많았지요. 그러니 조금씩 안 맞으면 자꾸 옮겨 다닐 수밖에 없었어요. 그때는 다들 그렇게 하고 살 때였어요. 이 공장 저 공장 다니던 어느 날, 사장 동생이 그러는 거예요. 기계만 고치지 말고 디자인을 한 번 해보라고."

디자인이라. 청년 강수는 미국에서 가발 샘플이 오면 그것을 만드는 것을 유심히 봤다. 그러다 이태원으로 나가 흑인들의 머리를 유심히 봤다. 흑인 뒤를 졸졸 따라가면서 머리를 살피다 오해를 받아 맞을 뻔하기도 했다.

"그럼 내가 쏘리 쏘리, 해가면서 명함을 내밀고 말했죠. 나는 가발 디자이너다, 당신들 머리를 연구하고 당신들에게 더 좋은 가발을 만들어 주고 싶어 하는 사람이다. 그러면 다들 좋아했어요. 어떤 사람들은 자기 머리카락을 막 잘라줬어요. 가서 연구하라고. 흑인들은 멋으로 가발을 쓰는 게 아니라 우리가 양말을 신듯 가발이 그들에겐 필수예요. 머리카락이 두피를 파고 들어가기도 하기 때문에 가발을 꼭 써야 하거든요. 그러니 그들이 내게 친절할 수밖에 없지요."

어느 새 가발 공장을 전전한 지 20년쯤 됐을 무렵, 그는 회사에서 상무 직함을 달고 회사 일을 하고 있었다. 사장은 아침에 출근해 결제 도장만 찍고 골프를 치러 나갔다. 그러니 회사의 웬만한 일은 그가 다 하는 것이었다. 어느 날 저녁 거래처 전무를 만나 술 한 잔 하는데 그가 말했다.

"우리 중국에 가서 한 번 일해 보면 어떨까."

중국과 수교를 맺기 전이었지만, 일부 업체들이 이미 중국에 조금씩 진출하고 있었다. 무엇보다 한국에서 가발공장은 사양 산업이었다. 더 이상 젊은 사람들이 가발 공장에 들어오지 않았고, 대부분 인모(사람 머리카락)는 중국에서 수입해오고 있었다. 일부 가발 업체는 인도네시아 등 동남아로 진출한 경우도 있었다. 그러나 그가 보기에 인도네시아 인모는 가늘어서 좋은 가발을 만들 수 없었다. 중국 인모가 그래도 가장 좋았다.

한국에 그대로 있으면 당분간 월급이야 받겠지만 언젠가는 공장 문을 닫을 게 뻔했다. 어떻게든 대안을 찾아야 했다. 그러나 사업도 처음 시작하는 것이고, 그것도 수교 전의 중국이라니. 모험이었다. 그는 집에 와서 부인에게 말했다. 중국에 가서 사업을 하면 어떻겠느냐는 말을 꺼내기가 무섭게 부인은 말했다

"갑시다!"

부인은 통이 큰 사람이었다.

"그러나 잘못 되면 어떡하지. 나는 우리 식구를 절대 고생시키고 싶지 않다. 난 절대 파산하면 안 돼."

"걱정하지 마세요. 잘 준비해서 떠나면 됩니다. 그리고 설사 잘 안 된다 해도 다시 시작하면 돼요. 당신도 사장 소리 한 번 들어봐야 되지 않겠어요? 지금 보면 회사 일은 다 당신이 하잖아요. 그러니 잘할 수 있어요."

부인은 남편을 적극 지지했다.

"아이들은 어떻게 하고."

"걱정하지 마세요. 당분간 제가 혼자 아이들을 키울 테니 일단 당신은 가서 사업을 하세요. 그것만 고민하세요."

부인과 아이들을 두고 낯선 땅 중국까지 가서 사업을 하다 망하면 어쩌나. 그의 고민은 깊었지만 부인의 걱정하지 말라는 말에 용기를 얻었다.

그는 동업할 친구와 함께 머리를 맞댔다. 계획서를 쓰고 버리고 쓰고 버렸다. 이렇게 하면 저게 걸리고, 저런 대안을 찾으면 또 다른 문제가 발생했다. 꼼꼼한 성격인 그는 머릿속에 그림이 완벽하게 그려져야 실행에 옮긴다. 그러나 완벽하게 구상을 하고 시작해도 막상 시작을 하면 상황에 따라 달라지는 게 사업이다.

몇몇 업체가 이미 중국으로 건너가 실패했다는 소리가 들렸다. 그들이 실패한 원인을 찾아 같은 실수를 하지 않아야 했다. 그는 미리 중국 톈진(진천)으로 갔다. 중국에서는 군인 출신이 일하기가 편하다는 소리를 듣고 일부러 조선족 군인 출신 한 사람을 소개받았다. 그와 함께 중국에서 함께 일할 직원들을 모색하는 한편, 톈진 공장을 알아봤다. 곧 인천과 톈진을 오가는 진천페리가 생길 계획이었으므로, 다른 곳보다 톈진이 좋겠다 싶었다.

가발 공정은 크게 정모반, 제모반, 미용반, 쌍침반, 고침반, 완성반 6가지로 구분된다. 중국에 가서 공장을 짓고 사람을 뽑아 일을 한다고 해도 숙련된 기술자가 필요했다. 그는 각 공정별로 국내 최고의 기술자들을 두세 명씩 총 20

명을 골랐다. 그들에게 숙식을 제공하고, 급여도 한국에서 받는 것보다 1.5배를 더 지급한다는 조건이었다. 그리고 중국 현지에서 바로 일을 할 수 있도록 한국에서 모든 공정을 다 준비했다.

이런 사업 구상은 꽤 오래 걸렸다. 계획서를 썼다 버리기를 수없이 했다. 사업계획이란 게 완벽하게 준비하기가 쉽지 않다. 현지에서 맞닥뜨릴 일은 계획을 아무리 세워도 할 수 없다. 그러다 중간에 포기할까 생각도 했다. 그때마다 할 수 있다며 그를 부추긴 건 부인이었다.

"당신도 사장 한 번 해야지요. 당신은 할 수 있어요."

그의 가발사업은 물건을 만들어놓고 판매하는 것이 아니라, 샘플로 계약을 하고 그에 따라 제작을 하는 방식이었다. 그가 가발을 수출하는 곳은 미국. 중국 진출 계획을 이야기하자 미국의 한 바이어가 전속 계약을 하자고 했다.

1991년 4월 19일. 함께 일하던 막내 처남, 직원 20명 등과 중국으로 들어갔다. 재봉틀 등 가발 만드는 데 필요한 기계와 재봉틀 기사, 바로 제품을 만들 수 있도록 미리 모든 공정을 마친 재료를 싣고 간 막내 처남은 이틀을 꼬박 밤새우고 공장을 바로 가동할 수 있도록 준비를 끝냈다. 그리고 5월 1일부터 공장 가동을 시작했다.

"가서 준비하고, 사람들을 뽑아서 일을 하겠다 생각하면 바로 공장을 돌릴 수가 없어요. 근데 우리는 가자마자 일을 할 수 있도록 모든 준비를 한국에서 해갖고 들어갔으니 바로 공장을 돌릴 수 있었죠. 이미 주문 받은 제품이 있었고, 그 제품을 전량 납품했으니 돈을 받아 그달 말에 바로 직원들 월급을 줬어요. 중국에서 만들었지만, 한국 사람이 만드니까 불량이 나올 수가 없었어요. 다들 이게 중국 공장에서 만든 게 맞느냐, 한국 제품과 같다고들 했죠."

현지인들도 곧바로 공장에 투입됐다. 그들에게 일을 일일이 가르치는 것도 시간과 노력이 들어가는 일. 한국 직원들이 하는 것을 보고 현지인들은 옆에서 배우면서 일했다. 현지인들이 잘못 만든 제품은 곧바로 함께 일하던 한국 기술자들이 고쳤다. 완성품 수가 많아질 수밖에 없었다.

점점 현지인들이 만든 제품의 불량 수가 줄어들고 직원 수도 점차 늘어났다. 주문량은 계속 늘어났다. 사업은 잘됐다.

"얼마나 잘됐는가 하면 서울에서 직장생활하면서 한 20년 벌어야 할 돈을 1년 새 다 벌었어요. 그때 좀 억울하긴 했죠. 왜 진즉 사업을 하지 않았나 싶었어요."

전속 계약을 했던 바이어와는 1년 후 계약을 해지했다. 이런저런 요구가 많았기 때문이다. 그래도 다른 바이어들이 서로 물건을 달라고 줄을 섰다.

"모델 명이 낸시, 산드라 같은 가발들은 미국 시장에서 아주 히트였어요. 그도 그럴 것이 이전의 인모로 만든 가발들은 보통 100그램 정도였는데 그때 우리가 만든 가발은 불과 30~40그램밖에 안 됐어요. 아주 가벼웠죠. 그런데다 똘똘 뭉쳐서 핸드백에 넣어 다니기도 편했어요. 바로 꺼내서 손으로 툭툭 털어서 뒤집어쓰고 스타일을 내기도 편했고요. 갑자기 주문이 밀리는데 당황스러울 정도였어요. 돈을 번다는 게 그렇게 순식간에 벌더라고요."

작은 가발 공장이 톈진시 동려구 수출 10위 기업에 들어갔고, 톈진시에서 지역경제를 살리는 등 기여도가 높다고 표창을 줄 정도였다. 톈진시에서 돈을 번 만큼 톈진시를 위한 기금도 많이 냈다.

톈진에 공장을 차린 지 5년쯤 지난 후, 그는 처남의 두 아들이 다니던 중국 학교에 컴퓨터 35대를 기증했다.

"어느 날 매형이 불러서 혹시 도울 수 있는 일이 뭐가 있느냐고 물어보라 그러더라고요. 그래서 우리 아이들이 다니는 회사 근처 학교에 가서 교장 선생님을 만나 물어봤더니 컴퓨터가 필요하다고 하더군요. 자신을 위해서는 돈 한 푼 쓰지 않는 분이 그렇게 기부하는 것을 보고 깜짝 놀랐죠. 제가 매형을 존경하는 이유입니다."

그의 처남 최창국 씨가 말했다. 학교에 컴퓨터를 기증하겠다고 하자 학교에서는 아예 교실 하나를 컴퓨터 교실로 만들어 운영했다. 당시 톈진시 최초의 컴퓨터 교실 운영이었다. 지역 방송에서는 아이들의 컴퓨터 수업을 촬영, 방송을 내보냈다.

또 2003년 사스 발병 때에는 한국에서 연막소독기를 들여와 가발 공장은 물론 공장 주변 마을 전체를 방역하기도 했다. 그러다 보니 직원 둘은 아예 방역 담당으로 일했다. 자신을 위해서는 한 푼도 안 쓰는 사람, 밥 한 끼 굶는 것쯤은 아무 것도 아니라는 사람. 그런데 그는 돈을 벌면서 변했다. 혼자만 잘살면 재미가 없다는 것을.

"톈진에서는 유명했어요. 방송에도 여러 번 나왔죠. 교통 위반에 걸려도 뒷좌석에 앉은 나를 알아보고 그냥 경례를 올려붙이고 가라고 할 정도였으니까요."

1991년 한국 직원 20명과 중국 현지 직원 80명으로 시작한 회사는 2014년 공장을 정리할 때는 3개의 공장에 직원 수가 2,000여 명이었다. 톈진에서 두 개의 공장을 운영하다 톈진에서는 사람을 구할 수 없어 산둥성에 한 개를 더 세웠다. 기계 20대로 시작한 공장은 250대로 불어나 있었다.

기계는 대부분 한국의 중고를 갖다 썼는데, 한국의 가발

공장들이 문을 닫으면서 비싸지 않은 값에 구입이 가능했다.

“사업은 적당한 운도 따라야 하는데, 운이 좋았어요. 때를 잘 만난 것이죠.”

성공한 사람들은 흔히 운이 좋다고 말한다. 그러나 운이 좋은 때를 위해 그들이 기울인 노력은 얼마나 많은가.

사업이 그렇게 잘됐지만 초기에는 고생이 많았다. 인모를 사러 중국 사천성, 하남성 등을 직접 다니는데 그것이 쉽지 않은 일이었다. 인모를 앉아서 구입할 수도 있었지만, 그런 경우에는 마치 김밥처럼 김발에 살짝 인모를 붙여 보내오는 경우도 있었다. 그러면 눈을 뜨고 자리에 앉아서 그대로 당할 수밖에 없다. 그러니 물건을 직접 확인하고 사야 했다. 중국이 넓다 보니 인모를 사러 나가면 사나흘씩 걸리곤 했다.

“목숨을 걸고 다니는 일이었어요. 나 같은 사람 하나 죽어도 아무도 모르거든요. 며칠씩 차를 타고 가서 시골 같은 데를 다니면서 인모를 구입해야 하니 현금을 갖고 가야 했죠. 현금을 가방 같은 것에 넣으면 어떻게 될지 모르니까 복대에 현금을 넣고 차고 다녔어요. 돈에 땀이 찰 정도였죠. 머리카락을 마대자루에 갖고 오니까 거기에 돈을 넣어 다니기도 하고. 며칠씩 차를 타고 이동해야 하니까 머리카락을 차 바닥에 깔고 그 위에 이불을 펴고 잤어요. 돈이 차에 있으니 어디 숙박업소에 가서 잠을 잘 수가 없었죠. 그러니 목숨 걸고 다니는 것이었죠. 얼마나 도둑이 많았는가 하면 일부러 차 펑크 내고 펑크 난 차를 고치는 사이 노트북과 돈다발을 갖고 달아나는 일도 있었어요."

그는 중국말을 못하니까 항상 통역을 두 사람씩 데리고 다녔다. 한 사람은 중국인, 한 사람은 조선족.

"한 사람만 데리고 다니면 위험해요. 나는 못 알아들으니까 통역을 하면서 혹시라도 장난을 칠 수도 있거든요. 그리고 조선족과 중국인 둘이 서로를 견제하니까 사고 날 위험이 없었죠."

그의 꼼꼼한 성격이 드러나는 대목이다.

인모를 사러 다니는 일이 고되긴 해도 인모만으로도 돈

을 벌기도 했다. 인모를 창고에 보관했다 값이 오르면 되팔아 이익을 남겼다. 한 번은 인모 값이 뛰자 직원이 인모를 훔쳐 달아났다. 그는 중국 공안들을 데리고 북경까지 쫓아가 도둑맞은 인모를 찾아오기도 했다.

"목숨 건 일이 많았어요. 사업 초기였는데 한 번은 남자들이 멀쩡한 도로를 틀어막고 돈을 요구하는 거예요. 허베이성, 창저우 지역 중국인 깡패들이었지. 그들이 요구한 돈이 당시 한 사람 한 달 월급 정도였는데, 그까짓 거 줘도 그만인데 문제는 한 번 주면 다음에 또 줘야 한다는 거예요. 그래서 네깟 놈들 줄 돈 없다, 하고 거절했죠. 어떻게 됐냐고요? 죽지 않을 만큼 얻어맞았어요. 하하하."

그가 중국에 들어간 것은 수교 전인 1991년. 이듬해 1992년 한중수교가 맺어졌다. 당시는 한중 수교가 맺어질 즈음이어서 중국 사람들이 한국 기업가를 팼다 하면 소문이 안 좋게 날 판이었다. 소식을 듣고 톈진시 고위직 공무원이 쫓아왔다. 여론화될 것을 우려해 앞으로는 절대 그런 일이 없게 하겠다며 용서를 구했다.

또 한 번은 제모반에 있던 20여 명의 직원이 한꺼번에 나가겠다고 하면서 급여 인상을 요구했다. 모두 같은 지역 출신이었던 그들은 때마침 그 지역에 공장이 생긴다며 급여를 올려주지 않으면 모두 새로운 공장으로 옮기겠다고 했다.

"그때도 고민을 많이 했어요. 사실 우리가 보통 다른 회사보다 급여가 좀 좋은 편이었거든요. 그런데 조금 더 올려달라고 단체 행동을 하니 서운했죠. 물론 그것도 더 올려줘도 됐어요. 그렇지만 그렇게 단체 행동을 통해 급여를 인상하게 되면 다음에 또 그런 일이 없으리라는 보장이 없지요. 대표한테 우리는 못 주겠다, 그러니 싹 다 데리고 나가라 그랬죠. 근데 그게 조선족이었어요. 처음에는 직원들이 대부분 조선족이었죠. 말도 통하고 아무래도 낫겠다 싶었죠. 그런데 아닙디다. 결국 나중에는 중국 한족이 대부분이었고 조선족은 얼마 안 됐어요. 그리고 그때쯤에는 처남이 중국어를 배워 웬만한 일처리는 다했거든요. 나는 바이어들 만나 골프만 치면 됐어요. 허허허."

그렇게 잘 나가던 사업을 정리하는 것 역시 결단이 필요했다. 사업을 완전 정리한 것은 2014년이지만, 정리하는 데 걸린 시간은 한 2년이었다. 중국 시장이 변한 것이다. 창고에 20~30톤씩 쌓여 있어야 할 인모가 조금씩 모자라기 시작했다. 인모 값이 올랐기 때문이다.

"중국도 머리카락이 점점 귀해졌어요. 10위안 하던 것이 20~30위안씩 올랐죠. 30톤을 30억에 구입했었는데 1년 후에는 25톤, 2년 후에는 20톤밖에 안 됐어요. 인모를 쌓아 놓고 제품을 만들어야 하는데 조금씩 인모가 달리기 시작했습니다."

그의 기억을 다 모으는 것은 사실 조금 쉽지 않았다. 어느 부분은 너무나 생생하게 말했고, 또 어느 부분은 그렇게 생생하게 말했음에도 불구하고 기억에 오류가 있었다. 예를 들면 서울 가발공장에서 일을 한 기간이 무려 20여 년임에도 불구하고 당신은 1, 2년밖에 일을 하지 않았다고 했다. 그의 기억의 오류는 그의 부인과 함께 사업했던 막내처남, 그리고 사돈이었다.

사업을 정리하는 과정은 당시 중국에서 사업 총괄을 맞고 있던 막내 처남이 주로 이야기를 했다. 처남이 끝까지 현지에 남아서 사업을 정리하고 들어왔기 때문이다. 처남 최창국 씨의 말을 더 들었다.

"계속 사업을 할 수도 있었지만 점점 상황이 안 좋아질 게 그래프 상에 나타났어요. 겉으로 남고 안으로는 밑지는 장사가 뻔히 보였어요. 결단이 필요했죠. 그런데 사업을 정리하려면 상당 기간이 필요했어요. 당시 중국에서는 야반도주하는 한국 사업가들이 종종 뉴스가 됐는데, 그게 그럴 수밖에 없는 상황이라는 건 기업을 운영하는 입장에서는 다 이해하죠. 사업이라는 게 벌리긴 쉬워도 정리하는 데는 오래 걸려요. 직원들뿐만 아니라 거래처 정리, 기계 처분, 부동산 정리 등등. 꼬박 만 2년이 걸렸어요. 그 일을 우리 회사에서 20년 넘게 일하던 중국인 회계와 제가 남아서 다 했죠. 누군가는 남아서 그 일을 정리해야 했거든요. 현지 사람에게 돈을 주고 이렇게 저렇게 하라고 할 수도 있었지만, 그러다 보면 돈이 중간에서 사라지고 결국 사업주가 야반도주하는 것이 되거든요. 일처리를 완벽하게 해주기가 쉽지 않다는 이야기죠. 중국 직원들이 남아서 마무리까지 해준 것도 고마운 일이고요."

그렇게 돌아왔다. 수교 전 중국으로 들어가 그야말로 '큰 돈'을 벌어서. 세상 부러울 것 없이 맘껏 일하고.

"내가 세상을 살면서 제일 잘한 건 최창희를 만난 것, 또 하나는 용인에 들어와 산 것입니다."

최창희는 그의 아내 이름. 두 사람은 같은 직장에서 만나 결혼했다. 슬하에 두 아들을 두었는데 중학교부터 대학까지 중국에서 마쳤다. 지금은 한국에서 각자 사업체를 꾸리고 있다.

고등학교를 중퇴한 후 동생들을 먹여 살려야 한다는 생각에 온갖 어려운 일을 다했던 그의 마음에는 내 식구는 절대 가난 때문에 고생시키지 않겠다는 생각이 강했다. 그 마음이 그의 배포도 키우고, 그를 강하게 했다. 그러나 아내가 아니었으면 중국 가는 것도, 중국에서 사업을 크게 일

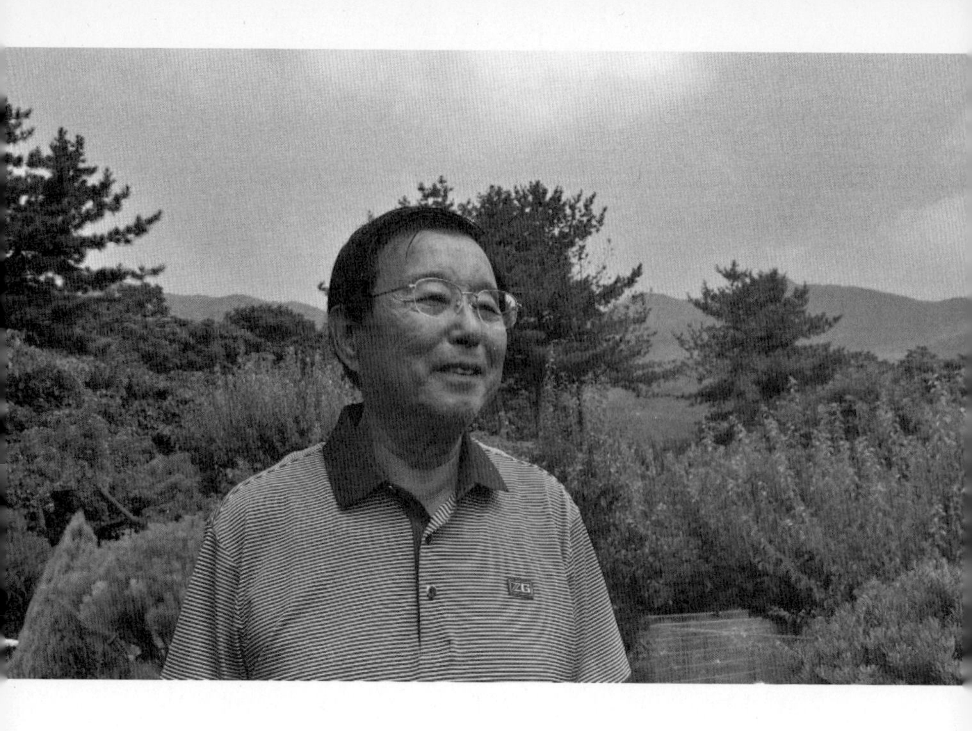

수교 전 중국으로 들어가 사업을
크게 일군 염강수 씨.
일찍 부모를 여의고 고생한 상처는
좋은 아내를 만나고
좋은 자식들을 둔 덕분에 잊었다.
사업을 정리하고 돌아와
용인에 집을 짓고 사는
지금이 더할 나위 없이 편안하다.

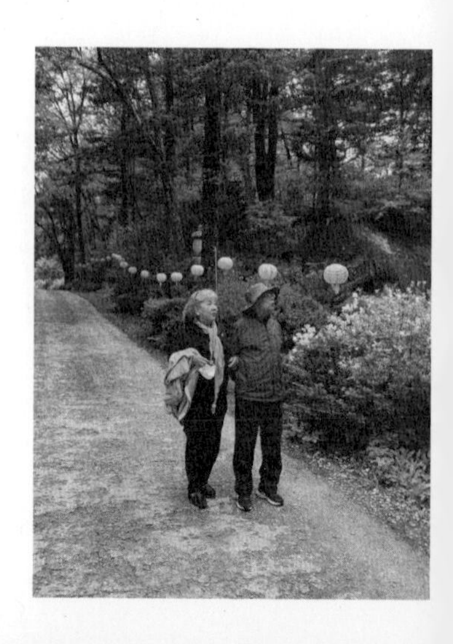

구는 것도 쉽지 않았을 것이라고 그는 생각한다.

"우리 집사람이 한국 갔다 텐진 공항에 내렸다는 이야기가 들리면 공장 기계 소리가 달라진다고들 할 정도였어요. 그만큼 직원들 관리를 잘했어요. 엄하면서도 부드럽게 했죠. 강기가 강한 사람예요. 한 번은 직원들 남편이 와서 나를 패는 거예요. 직원들 대부분이 여자들이거든요. 나도 어렵게 생활해서 박하게 하는 편이 아니었는데, 그냥 들이닥쳐서 멱살잡이를 하면서 패는 바람에 그냥 맞을 수밖에 없었죠. 그런데 그때 우리 집사람이 그 남자들 앞으로 떡 나서는 거예요. 그리고 나랑 얘기하자, 그러더군요. 중국 사람들은 여자는 안 때리거든요. 여자가 그렇게 나서기가 쉽지 않죠."

부인 최 씨의 성격을 단적으로 보여주는 예다. 회사 운영은 그가 했지만, 직원 관리는 부인이 했다. 배포도 큰 데다 성격도 싹싹하고 좋아 직원들이 부인의 말이라면 잘 따랐다. 직원들에 대한 씀씀이도 남달랐다. 급여도 다른 회사보다 더 주고, 복지도 더 좋게 했다. 회사가 잘될 수밖에 없었다.

지금 살고 있는 용인 원삼에서 노후를 보내게 된 것도 따지고 보면 부인의 영향이다.

"중국에 있을 때 한국에 나와서 여기저기 땅을 많이 보러 다녔어요. 언제까지 중국에서 살 건 아니었으니까요. 그러다 지금의 용인 땅을 만났는데 좋았습니다. 용인은 또 우리 집사람 고향이고, 처가 식구들이 다 용인에 살아요. 여기저기 가봤지만 용인만한 데가 없어서 여기에 정착하기로 마음먹었죠."

중국에 있으면서 땅을 사고, 집을 지었다. 2006년이니 어느새 14년 전이다. 중국에서 한국에 오면 용인으로 왔다. 너른 밭에 소나무도 심고, 오가피나무를 심었다. 가까운 곳에 용담저수지가 있고, 마당에 서면 멀리 병풍처럼 둘러쳐진 산세가 아름다운 곳. 노후를 이 땅에서 보낼 생각을 하니 좋았다.

"도련님으로 자라다 졸지에 부모님이 돌아가시고 참 어렵게 살았잖아요. 그래서 이런 넓은 땅에서 살고 싶었어요.

아파트에서 사는 것보다 내 땅을 매일 밟으면서 살고 싶었지요."

그의 집에는 늘 사람이 끊이지 않는다. 아들네가 손주들을 데리고 오고, 처가 식구들이 찾아오고, 사돈이 찾아온다. 그때마다 부인 최창희 씨는 뚝딱 밥상을 차려낸다. 새벽부터 그녀는 비닐하우스와 정원, 밭에 물 주고 풀을 뽑고 하루 종일 바쁘다. 그러는 사이 그는 나무도 전지하고, 화초에 물도 주고, 마당 한 바퀴 둘러본다. 무섭게 일하던 젊은 시절이 가고 지금은 심심하지 않을 정도로만 일을 한다. 더할 나위 없이 편안한 시절이다.

"지금 보면 가끔 안 됐다는 생각이 들어요. 그렇게 사업을 크게 했던 양반이 나이를 먹어 예전 같지 않다는 것이 안타깝지요. 그래도 이곳에서 매일 하루를 어제보다 더 재미있게, 잘 살아가려고 한답니다."

부인 최씨는 긍정적인 성격이다. 웬만한 일은 대수롭지 않게 여긴다. 조금 나쁜 일이 있으면 그럴 수도 있구나, 생각한다. 그보다 더 나쁜 일이 안 생긴 걸 다행으로 여기면서.

"우리가 조금 돈 관리를 잘못해서 가까운 사람에게 큰돈을 떼였어요. 고소를 한다 만다 한동안 시끄러웠죠. 그런데 그 돈 안 벌었다 생각하면 그만이라고 생각해요. 그런데 남편이 그 기억이 없어졌어요. 가장 나쁜 기억인데."

가장 나쁜 기억을 잃고 좋은 추억만 갖고 있는 염강수 씨. 그는 오늘을 살아가는 게 좋다. 가난했던 시절을 다 보상받아도 남을 만큼 돈도 벌었고, 두 아들도 다 잘됐다. 심심하지 않도록 자주 찾아오는 자식들 보는 즐거움도 크고, 공기 좋은 곳에서 농사지은 것들로 차리는 밥상을 매일 마주하는 것도 좋다. 살아 있다는 것이 이토록 좋구나 싶은 시절이다.

 **일생에서 가장 잘한 일은?**

집사람과 결혼한 것. 그 사람이 아니었다면 사업도 크게 일구지 못했을 것이다.

2 **가장 가슴 아픈 기억은?**

고등학교 때 학교를 그만두고 어린 동생들을 데리고 있을 때. 점심 도시락으로 여동생이 고구마를 삶아 줬는데 다른 직원들이 같이 밥을 먹자고 해도 자존심이 상해서 혼자 고구마만 먹었던 기억이 난다.

3 **두 아들에게 해주고 싶은 말은?**

화목해라. 자식 교육에 아낌없이 투자해라. 그리고 어려운 이웃을 도와줘라.

공무원으로 일하는 지금이 제일 좋다

전태식

1942년생

:

원삼초등학교에 간 날, 전태식 씨를 처음 만났다. 학교 건물 뒤가 공사 중이었는데, 그는 그 옆 정원에서 쓰레기를 줍고 있었다. 원삼초등학교를 처음 갔던 터라 교무실이 어딘가 물었는데, 친절하고 인상이 좋아서 일을 보고 나와 다시 이런저런 이야기를 나누었다.

"내가 여기 졸업생입니다."

깜짝 놀랐다. 학교가 얼마나 오래 됐길래 이 초등학교를 졸업한 걸까.

"이 학교가 굉장히 오래 됐어요. 나보다 선배들도 있는 걸요."

그래서 학교 연혁을 보니 원삼초등학교 개교는 1924년. 당시는 원삼공립보통학교였다. 1942년생인 그보다 무려 18년이나 나이가 많은 것이다. 몇 년 후면 개교 100년이 되는 학교이니 정말 유서 깊은 학교다.

학교 나이도 나이지만, 낼모레 80을 바라보는 그가 일을 하고 있는 것이 놀라웠다. 그래서 인터뷰 요청을 했다.

"난 할 말도 별로 없어요. 말도 잘 못하고. 옛날에 소 먹일 때 사람들이 내가 말을 못하는 사람인 줄 알았대요. 하도 말을 하지 않아서. 지금은 학교에서 일하고 하면서 그나마 말이 좀 는 거예요."

그는 손사레를 쳤다. 그러나 건강하게 일을 하는 모습을 봤으니 설득할 수밖에 없었다.

인터뷰를 하기로 하고 다시 만난 날. 저녁 때 학교에서 만난 그의 웃음은 꽃보다 환했다. 순한 웃음.

"내가 요 며칠 신경쓸 일이 있어서 머리가 좀 아팠어요. 자식들이 그러더군요. 아버지, 우리도 먹고 살고 괜찮아요.

그냥 잊어버리라고. 그래서 그냥 내려놓기로 했어요."

형제들 간에 땅 문제로 조금 이견이 있었다고 했다. 젊은 시절, 힘들게 고생해서 산을 사고 그곳에 부모님도 모셨다. 그런데 세월 지나는 사이 그것이 집안의 산이 됐고, 형제들 간에 서운한 일이 생겼다.

"참 서운했어요. 그래도 어쩌겠어요. 빨리 잊는 수밖에."

형제가 같이 자랄 때는 티격태격하면서도 내 것 네 것 없이 산다. 그런데 장성하여 각자 살림을 차리고 자식 낳고 키우다 보면 내 것 네 것이 생기게 마련이다. 그래서 형제 많은 집은 이런저런 문제로 시끄러운 경우가 많다.

그는 말을 아꼈다. 서운하지만 형제들 안 좋은 말은 삼가고 싶은 마음 때문이다.

그와 이야기를 나누다 보니 그의 부인도 함께 만나 이야기를 들으면 좋겠다 싶었다. 이들 부부는 매일 저녁, 함께 학교로 출근해 다음날 아침 퇴근을 한다. 부인을 좀 만나고 싶다 했더니 나물을 뜯고 있다고 했다. 학교에서 나물을 뜯다니. 그러고 보니 학교 뒤가 산이다.

"산에 나물이 많겠어요."

내가 마음이 들떴다. 봄에는 모든 게 약이다. 겨울을 지내고 나오는 것들은 독초도 약이라고 할 정도다. 그러니 어떤 봄나물을 뜯고 있을까, 들뜬 마음으로 뛰어갈 밖에.

"산까지 갈 것도 없어요. 지천이 나물인데."

건물 뒤로 갔더니 빈 건물 뒤로 옛 운동장이 있고 그의 부인은 돌나물을 칼로 잘라내고 있었다. 한쪽에 쫙 깔려 있는 돌나물은 마치 잔디 같았다.

"난 안해요. 옛날 고생한 얘기, 뭐하러 해요."

단호했다. 돌나물을 뜯어가며 이런저런 이야기를 들어볼까 생각했던 나는 그만 엉거주춤 선 채로 할 말을 잃었다. 조금 설득하는 사이 전태식 씨가 엄나무순 한줌을 따왔다.

"이것이 엄나무순이야. 이것도 약이야, 좋아."

엄나무순, 당연히 약이다. 끓는 물에 슬쩍 데쳐서 조물조물 된장에 무쳐도 좋고, 초장에 무쳐도 좋다. 그냥 먹어도 좋다. 쌉싸름한 맛이 일품이어서 나도 꽤 좋아하는 봄철

음식이다. 그가 부인에게 엄나무순을 내밀었다.

"난 시골 살아도 잘 몰라요."

그녀는 연신 돌나물을 잘라가며 엄나무순이나 내게는 눈길 한 번 주지 않았다. 아무래도 이야기는 듣기 힘들겠다 싶어 주변을 둘러봤다. 메타세쿼이아 나무가 우람했다. 중간이 잘려졌어도 여전히 하늘 높이 크고 있다. 주변에 건물이 있어 나무 자르기가 쉽지 않겠다 싶었다. 커다란 메타세쿼이아 나무가 이 학교의 나이를 말해주는 듯했다.

"우리 때는 오전반, 오후반, 그 다음 반까지 있었어요. 학생들이 원체 많았거든요. 건물도 없어 그때는 천막 치고 공부했어요."

나는 70년대에 초등학교를 다녔다. 당시에는 오전반, 오후반이 있었다. 오전반 아이들이 수업을 마치고 돌아가면 오후반 아이들이 가서 수업을 했다. 학급 수는 열 반이 넘었고, 학 학급에 아이들은 60여 명이었다. 그런데 전태식 씨가 학교를 다니던 시절에는 한 반이 더 있었다니 얼마나 많은 아이들이 있었을까.

“운동회 날 애들을 찾을 수가 없었어요. 얼마나 사람이 많은지. 애들도 많고, 구경 온 사람들도 많고.”

친구들을 찾을 수 없을 만큼 많았던 운동장. 만국기가 펄럭이는 푸른 하늘 아래 아이들은 뛰고 달리고, 도시락을 싸온 부모들은 달리는 아이들을 향해 응원하고. 생각하니 그림이다. 전태식 씨에게는 그때가 꿈만 같다.

그 시절을 말해주듯 원삼초등학교 교정은 넓다. 지금 전교 학생 수는 90여 명 남짓이니 옛날 한 학년 수도 되지 않는다. 주변에 좌항초등학교, 두창초등학교가 생겨서 아이들이 분산된 것도 있고, 농촌이다 보니 도시로 떠난 탓도 있다.

무엇보다 출산이 줄어들고 아이들이 줄어들었다. 학교 아이들이 줄어드는 것은 비단 농촌만의 문제가 아니어서 농촌의 초등학교는 일찌감치 폐교가 된 곳도 많고, 도시의 초등학교도 문을 닫는 경우가 많다.

그래도 원삼초등학교는 용인 도시에서 그리 멀지 않고, 아이를 자연 속에서 키우고 싶어 하는 젊은 부모들이 일부러 찾아오는 학교이기도 하다.

“그래도 애들이 있으면 시끌시끌하죠.”

학교가 살아 있는 이유는 아이들의 그 시끌시끌한 소리. 그를 만난 것은 코로나19로 학생들이 학교를 나오지 않는 때. 그래서 학교는 조용했다.

넓은 운동장에는 인조잔디가 깔려 있다. 시원하다. 마을 사람 하나가 모자를 깊게 눌러 쓰고 운동장을 걷고 있다. 평소 같으면 더 많은 사람들이 운동을 하러 온다고 했다. 주말에는 단체에서 운동장을 대여, 축구를 하는 등 시끌벅적하다. 코로나19로 세상이 다 조용해졌다.

전태식 씨가 학교에서 하는 일은 야간 경비. 오후 4시에 출근해서 이튿날 오전 9시에 퇴근한다. 그가 손수 운전해서 오는데, 옆에는 항상 아내가 타고 있다. 아내 역시 이곳에서 청소 일을 한다. 그가 먼저 일을 하다 아내도 같이 일을 하게 됐고, 그가 숙직실에서 밤을 지내니 아내도 같이 지낸다. 두 사람은 숙직실에서 같이 저녁을 먹는다. 그가 하는 일을 아내가 거들고, 아내가 할 일을 그도 거든다.

"그렇게 할 일이 많지 않아요. 선생님들 다 나가면 학교 대문과 이곳저곳 문 잠그는 게 다예요. 집사람이 청소할 때 조금 거들 뿐이지요."

특히 코로나19로 휴교 상태이다 보니 청소할 일도 별로 없다고 했다. 그래도 청소를 하고, 안전 점검을 한다. 경비 일이라면 그는 누구보다 잘할 수 있다.

"오래 됐어요."

경비 일을 얼마나 오래 했느냐는 물음에는 쉽게 답을 못 한다. 딱 잘라 계산이 안 나오는 것이다. 근처 대기업 물류 센터에서도 경비를 섰고, 가까운 송담대학교에서도 경비를 섰다. 두 곳에서 한 10년쯤 일을 한 것 같다.

경비 일을 하기 전에는 부부가 함께 에버랜드에 가서 풀 깎고 청소하는 일을 하기도 했다. 이곳 학교에서 일한 지는 벌써 20여 년. 처음에는 용역이었으나 현 정부 들어 공공 부문 비정규직의 정규직 전환으로 현재는 공무원 신분이다.

"꿈만 같죠. 이 나이에도 이렇게 편하게 일을 하고 있는 게. 그리고 공무원이잖아요. 농사짓는 거, 힘들어요. 옛날보다 이앙기, 관리기 같은 기계가 있어 편해졌다고 하지만 여전히 농사는 힘든 일입니다."

80 가까운 나이에 일을 하고 월급을 받는 자리는 흔한 자리가 아니다. 그래서 그는 이렇게 일하는 게 고맙기만 하다.

학교 오는 시간 외에 그는 농사를 짓는다.

"아버지 아프면 큰일난다고 자식들이 농사일을 못하게 해요. 작년까지는 그래도 조금 지었는데, 올해는 고추 모종 심는 것이며 죄다 사위가 와서 하네요. 사위가 일도 잘하고 착해요. 버스를 모는데 쉬는 날 와서 농사일을 하고 가죠. 고맙고말고요. 고맙지요."

나이 들면 약 먹는 게 일이다. 웬만한 성인병 한두 가지씩은 갖고 있는 경우가 많아 아침저녁으로 약 챙겨 먹느라 배가 부르다고 한다. 그런데 성인병 하나 없다. 혈압이나 혈당 등이 모두 정상이다. 약 먹는 게 아무 것도 없다. 그러니 꽤 건강한 셈이다.

“원래 아버지가 장사였어요. 형님이 한 분 계신데 그 양반도 아주 장사죠.”

집안 내력이다. 특별히 관리할 새 없이 살았지만 건강한 몸으로 지금까지 살아내고 있는 것이다.

전태식 씨가 태어난 곳은 용인시 처인구 운학리. 7남매 중 둘째로 태어났다. 그가 두 살 때 그의 부모는 원삼면 고초골로 들어와 살았다. 이후 학일리 문시랭이로 이주, 그곳에서 오래 살았다.

부모는 독실한 천주교 신자였다. 고초골은 옛날 천주교 신자들이 박해를 피해 들어와 살던 곳. 부모도 그렇게 피해 들어온 것이다.

“천주교 박해를 피해서 고초골로 들어온 것이죠. 족보도 없고. 아버지가 5대 독자였어요.”

골초골은 천주교 순례터 중 한 곳이다. 고초골에 있는 한옥 예배당은 수원교구 내에 있는 한옥 공소 중 가장 오래된 곳이다. 100년도 더 된 건축물로 등록문화재로 지정되었다.

용인시는 은이성지부터 고초골까지 12.5Km 구간을 천주교 순례길로 조성했다. 이어 고초골부터 안성 미래내성지까지도 순례길은 이어진다. 은이성지는 김대건 신부가 처음 미사를 봉헌한 곳이자 마지막 미사를 봉헌한 곳으로 천주교의 주요 성지다.

"옛날에 힘들었죠."

너나없이 가난했던 시절이었고, 사는 게 고생스러운 시절이었다.

"아버지가 일본 탄광 가서 일하고 오셨어요. 돌아오면서 돈을 조금 모아서 오셨죠."

아주 어렸을 때 일이다. 돌아온 아버지는 오직 일만 했다.

"아버지가 밭을 매는데 내가 놀 수가 없지요."

어린 태식은 아버지를 도와 농사일을 했다. 아버지는 산에서 벌목 일도 했다. 사람들은 더러 어울려 놀기도 하는

본인은 경비 일을 보고 부인은 청소 일을 하고.
그래서 전태식 씨는 아내와 함께 오후 4시에
학교로 출근, 다음날 아침 9시에 퇴근한다.
나이 들어 공무원이 되고, 월급 받으며 사는
지금이 그는 일생에서 가장 좋다.

데, 아버지는 나가면 돈이라고 묵묵히 일만 했다. 아버지에 대한 기억은 그래서 일하는 모습밖에 없다. 아버지를 도와 어린 태식도 일만 열심히 했다.

"그렇게 열심히 일을 하니 3년 벌목해서 땅 아홉 마지기를 마련했어요."

얼마나 열심히 일을 했을지 짐작이 가는 말이다. 그걸 밑천 삼아 부모는 농사를 지었다. 산에서 나무를 해다 팔고, 새끼를 꼬아서 내다 팔기도 했다.

"아버지는 농사를 착실하게 짓고, 어머니도 산에서 땔감나무를 했어요. 산에서 같이 끌고 오고 했죠. 새끼를 1년 꼬아서 땅을 사기도 했어요."

이 말을 듣고 그만 어리둥절했다. 얼마나 새끼를 많이 꼬아 팔면 땅을 산단 말인가.

"그때는 땅값이 지금 같지 않았죠. 지금은 어림도 없죠. 그때는 새끼 꼬아서 소도 사고, 소 한 마리 팔아서 땅을 사던 시절이었으니까요."

옛날이야기는 그래서 재밌다. 새끼를 꼬아 판매한 돈으

로 땅도 사고, 소도 사다니. 지금은 새끼 꼴 일도 없지만, 땅값이 많이 올라 땅을 사기가 쉽지 않은 세상. 그때 고생해서 이렇게 저렇게 땅을 산 것이 지금은 힘이 된다. 자식들에게 그래도 조금이라도 물려주고 떠날 수 있어 그것이 참 좋다.

청년 태식은 아버지가 5대 독자이다 보니 군 입대 대신 방위병으로 파출소에서 일했다. 밤에 근무를 서면 되는 일이어서 낮에는 아버지를 도와 일을 할 수 있었다. 친구들 중에는 더러 놀음 같은 것을 해서 문제가 되기도 했지만, 태식은 성실하게 일만 하니 파출소 순경들도 다들 태식을 좋아했다.

그는 용인 천주교성당에서 결혼식을 했다. 스물아홉 노총각 시절, 지금의 아내를 만났다. 처갓집도 가난했다. 처갓집에서는 그의 집이 부자인 줄 알고 딸을 시집보냈다. 중간에 나서서 주선한 이가 고모부였는데, 이 양반이 부자였던 것이다. 혼처 자리가 있다 해서 갔더니 처갓집 식구들이 여럿 나와 있었다.

그는 첫눈에 반했다. 키도 크지 않고 자그마한 열아홉 처녀는 예뻤다.

"내가 사진을 갖고 다녔어요. 워낙 예뻐서."

꽃을 좋아했던 아내는 꽃집으로 시집을 가고 싶었는데 그만 그에게 시집을 왔다. 인연이란 그렇게 맺어지는 것.

"미안하죠. 안식구가 살려고 애를 많이 썼어요. 그 덕분에 살았지요."

그도 열심히 일했지만, 아내가 참 열심히 일했다. 다부지고 강단 있어 일도 잘하는 아내는 결혼 직후부터 친정 동생과 함께 건물 공사 현장을 다니면서 일했다. 그의 어머니는 속도 모르고 말했다. 여자가 나돌아 다니면 안 되는데, 라고. 그럴 때마다 그가 말했다. 농사만 지어서 먹고 살기도 빠듯한데 아이들은 어떻게 가르치느냐고.

"지금 생각하면 그것도 안사람에게 참 미안한 일이지요. 먹고 사느라 그랬는데, 시어머니가 옛날 사람이라 그런 말을 했으니. 안식구가 고생을 하도 많이 해서 지금도 전 아무 말 못해요.”

그는 부부 싸움을 해본 적이 없다.

“집사람이 말대꾸를 안 해요. 그러니 싸울 일이 없었어요.”

그는 아이들을 한 번도 야단친 적이 없다. 그는 아내도 그런 줄 알았다.

“나중에 애들이 다 큰 다음에 그러더라고요. 쟤는 나한테 많이 맞았다고. 애들을 때렸냐고 했더니 그제야 그렇다고 하더라고요. 애들이 줄줄이 다섯이니 키우기가 쉽지 않았겠지요. 지금은 다섯을 낳지도 않겠지만 다섯을 못 키우죠. 안식구가 일 나가니까 큰딸이 동생들을 키우고 살림을 했어요.”

그는 본인 땅 농사 외에도 남의 땅을 빌려 땅콩농사도 오래 지었다.

“땅콩농사는 한 50년 지었어요. 1,200평을 지었으니까요. 땅 주인도 우리 식구에게 잘해줬죠. 워낙 좋은 분들이거든요. 아줌마는 돌아가시고 이제 아저씨만 계신데, 나도 나이 먹고 하니까 연락하고 만날 일이 없네요."

뿐만 아니라 소도 오래 키웠다.

"많이 키울 때는 13마리까지 키웠어요. 소 키우는 게 힘들어요. 밤에 자다 일어나 쇠죽을 쒀야 했거든요. 지푸라기와 콩깍지 등을 넣고 가마솥에 불 때서 끓였죠. 그럼 냄새가 구수하니 아주 좋았어요. 사람이 먹어도 좋겠다 싶을 정도였죠. 낮에는 들에서 풀 베어다 먹이고. 그럼 소들의 살이 막 올랐어요. 살찐 소들을 보면 배가 불렀죠. 내가 주사도 놓고 다 그랬어요."

소 키우는 건 그래도 그때는 큰돈이 됐다. 먹이를 사지 않고 풀이며 지푸라기 같은 것들을 구해서 먹이니 사료비가 들어가지 않았기 때문이다. 소 한 마리 팔아서 땅을 사곤 했다.

"지금은 소 한 마리 1,000만 원이라고 해도 500만 원어치가 사료비예요. 그러니 돈이 남을 수가 없지요. 그런데다 소똥 치우기 등 일은 또 얼마나 많은지 몰라요. 인건비도 안 나오죠. 그러니 힘들어요."

자다 일어나 쇠죽을 끓일 일은 없지만, 사료값 등 이러저러한 경비가 많이 들어가 요즘은 소 키우는 게 돈이 안 된다는 것이다. 소 키우는 일은 진즉에 그만뒀다. 경비 일을 하면서부터다. 시간 맞춰 소를 챙기기가 쉽지 않았기 때문이다.

"소 키우는 거에 비하면 경비 일은 일도 아녜요. 허허."

집이 아닌 밖에서 잠을 자야 하는 경비 일이 왜 힘들지 않을까만 옛날 농사짓고 소 키우는 일에 비하면 일도 아니라며 그는 지금이 제일 좋다고 말한다.

그는 자식들이 칠순 때 사준 자동차를 타고 매일 오후 아내와 함께 학교로 출근한다. 자동차를 운전하기 전에는 오토바이를 타고 다녔다. 오토바이 사고로 몇 번을 죽을 뻔했다.

"25년 전인가, 크게 사고가 났었어요. 강아지 밥을 싣고 가는데 얼음길에서 미끄러졌어요. 안개가 굉장히 심했었는데, 그냥 넘어갔어요. 죽을 뻔했죠. 아주 오래 손을 못 썼어요. 시계태엽도 못 감을 정도였어요."

뿐만 아니라 트랙터가 굴러 죽을 뻔하기도 했다. 천만다행히 트랙터가 나무에 걸리는 바람에 살았다. 농촌에서는 트랙터 사고가 많다. 그의 지인들 중에는 트랙터 바퀴에 옷이 끌려들어가 죽은 이도 있다.

"내가 운이 참 좋아요. 그러니까 지금까지 살아 있죠. 트랙터 사고, 오토바이 사고 다 죽을 뻔한 건데 살았잖아요. 한 번은 포클레인이 나를 흙과 함께 그대로 퍼서 내동댕이친 적도 있었어요. 둑에서 일하고 있었는데 그걸 못 본 거죠. 퍽 떨어져서 정신을 깜빡 잃고 깨어났는데도 멀쩡했어요. 돌아가신 부모님이 당신들 산소 자리도 만들고 나름 잘 살아내서 나를 봐주는 게 아닌가 싶어요."

그가 또 선하게 웃는다. 그의 이 선한 웃음이 그를 지금까지 일하게 하고, 건강하게 살아 있게 하는 게 아닌가 생각이 들었다.

한 달 월급 150만 원. 적다면 적고 크다면 큰돈이지만, 그의 나이에 일을 하면서 월급을 받는 일은 결코 쉬운 일이 아니다. 금액은 차치하고 크고 귀한 일일 수밖에 없다.

그는 지난 2020년 4월에 있었던 21대 국회의원 선거 참관인도 했다. 그런 일을 하는 게 스스로도 신기하다. 학교에서 만나는 아이들과 선생, 모두 좋다. 나이를 먹어서도 뭔가를 하고 있다는 것이 좋다.

그는 딸 넷에 아들 하나를 막내로 뒀다. 미숙, 미영, 미란, 미순 그리고 아들 종윤. 딸들도 좋고 막내아들도 좋다. 모두 효자다. 자식들을 생각하면 마음에 걸리는 것이 있다. 자식들을 제대로 공부시키지 못한 것이다. 나름 공부들을 했지만 학교 보낼 돈이 없어 더 이상 가르치지 못한 것이 두고두고 미안하다.

"특히 셋째 미란이가 머리가 좋아 공부를 잘했어요. 미란이가 부추 베어 팔아 공책도 사고 책을 샀죠. 그때는 제가 대기업 물류센터에서 일을 하고 있을 때라 학비 지원이 나왔어요. 그게 크게 도움이 됐죠. 빚도 좀 갚고, 애들도 좀 가르치고."

고등학교까지 보내는 것만으로도 그는 벅찼다. 셋째 딸

미란이가 대학을 보내달라고 무릎을 꿇고 말했던 것은 지금도 잊히지 않는다. 그때 대학을 보냈다면 크게 성공, 멋진 인생을 살았을 텐데 싶다. 그래도 지금도 일을 하면서 똑 부러지게 살아가는 딸이 그는 대견하기만 하다.

자식들은 엄마 아버지 걱정해서 일을 그만하라고 한다. 그래도 그는 일할 수 있는 지금이 정말 좋다. 태어나서 지금이 제일 좋다.

“제가 좀 느려요. 집사람이 늘 그러죠. 느리니까 답답하다고. 타고난 성격이니 어쩔 수 없지요. 그런데 요즘은 제가 안식구에게 이렇게 말합니다. 느리니까 꾸준히 일하는 거다, 급한 게 좋은 게 아니다, 라고 말입니다. 지금 나이에 일하는 게 어디 쉽나요. 좋아요, 지금이. 허허.”

그가 웃었다.

 **일생 중 언제가 가장 좋았는가?**

지금이다. 지금 학교에 나와 있는 시간이 제일 좋다. 제일 편안하고 좋다.

2 **가장 힘들었던 기억은 어떤 것인가?**

소 키울 때. 정말 힘들었다. 잠도 제대로 못 자고 쇠죽을 끓이고 소똥을 치웠다. 농사보다 더 힘들었다.

3 **자녀들에게 남기고 싶은 말은?**

내가 떠난 후에도 형제간에 싸우지 말고 우애 있게 잘 살기를 바란다. 꼭 싸우지 말고 살기를 바란다.

웃으며
하루를 산다,
그게 최고다

박
귀
자

1943년생

:

오늘은 공정여행마을로에서 기획한 마을여행 기획가 양성 프로그램 중 하나로 마을사람들과 함께 용인 원삼에 있는 내동마을과 시골책방 생각을담는집에 다녀왔다. 내동마을은 보통 시골마을과 별다를 게 없었다. 그러나 연꽃단지를 조성, 여름이면 관광객을 끌어들이고 겨울에는 눈썰매장으로 활용하고 있다. 뿐만 아니라 연꽃과 연근 등을 판매함으로써 연 1억 원 정도 마을 수입을 올리고 있는 성공한 마을기업이다.

연꽃마을을 둘러본 후에는 내동마을회관에서 식사를 했

다. 연잎밥에 연근조림등 깔끔한 찬이 입에 맞았다. 미리 예약을 하면 마을 사람들이 식사를 준비한다. 식당에서 먹는 밥보다 훨씬 좋다 싶었다.

식사를 한 후에는 10분 거리에 있는 시골책방 생각을담는집에 갔다. 시골에 책방이 있다니, 조금 놀랐다. 그동안 내가 알고 있던 서점과는 다른 분위기. 책이 곳곳에 진열돼 있고 음료도 판매하고 있었다.

이곳은 마을이 아닌 개인이 운영한다. 이곳에서는 작가와의 만남, 북콘서트, 클래식 콘서트도 열린다고 한다. 시골마을에 이런 문화공간이 있다니, 신기하기도 했다. 우리 마을에도 이런 곳이 있다면 참 좋겠다 싶었다. 다음에 마을 사람들과 함께 견학하러 와야겠다.

우리는 이곳에서 '나만의 책 만들기' 프로그램을 진행했다. 책이라니, 거창한 것 같지만 A4 용지를 반으로 접어 맨 앞에 제목, 약력, 나에 대한 이야기를 짤막하게 쓰는 것이다. 진짜 책을 쓴다면야 오래 걸릴 일이지만, 나는 간단하게 썼다.

이름	박귀자
제목	봄날은 가지만 여름이 온다
약력	1943년생
	귀촌한 지 18년차
취미	먼 산 보면서 멍 때리기
즐기는 것	사람 만나서 수다 떠는 것
좋아하는 것	춤추면서 노는 것

다음 주에는 서울 마포의 망원시장에 간다. 이 나이에 시장을 탐방하러 가다니, 참 오래 살고 볼 일이다. 그러나 마을여행 기획가 양성 프로그램에서는 단순히 시장을 '구경'하러 가는 것이 아니라고 한다. 떡집, 야채가게 등 저마다의 특징을 알면서 즐기는, 그야말로 망원시장을 '여행'한다고 한다.

공정여행마을로에서 기획한 마을여행 기획가 양성 프로그램은 나 혼자 참여하는 것이 아니다. 나를 비롯해 장촌마을 사람 4명이 함께한다. 우리가 이 프로그램에 참여하는 것은 우리가 사는 이동읍 묵리의 장촌마을을 보다 살기 좋은 농촌 마을로 만들기 위함이다.

장촌마을에서는 3년 전 영농조합을 설립했다. 영농조합은 농촌 마을 유휴 인력에게 일거리를 만들어준다는 취지하에 정부에서 지원하는 사업이다.

현재 장촌마을의 영농조합 회원은 50여 명. 우리는 쓰레기가 쌓이던 마을 앞길을 꽃밭으로 바꾸었다. 마을 땅에 개복숭아나무 3,000그루를 심었다. 지난해에는 옥수수를 재배, 삶아서 판매했고 배추 농사를 지어 절임배추를 만들어 판매했다. 사람들이 와서 직접 김장을 해서 갖고 가는 김장 체험도 진행했다.

이렇게 일을 한다 하니 돈을 좀 벌었느냐고 묻는다. 솔직히 돈은 벌지 못했다. 그러나 손해는 보지 않았다. 그렇다면 성공한 것이라고 본다. 무엇보다 마을 일자리를 만들어냈고, 마을 사람들이 함께 일을 했으니 말이다.

우리는 그래서 일을 조금 더 하기로 했다. 옥수수, 배추 재배와 판매는 물론 3,000그루나 심은 개복숭아 열매를

박귀자 씨는 사람들과 함께 보다 더 좋은 마을을 위해
궁리하면서 새로운 사람들을 만나고,
교육을 받는 지금이 참 좋다.
스스로 즐거워서 하는 일은 다른 사람도 즐겁게 한다.

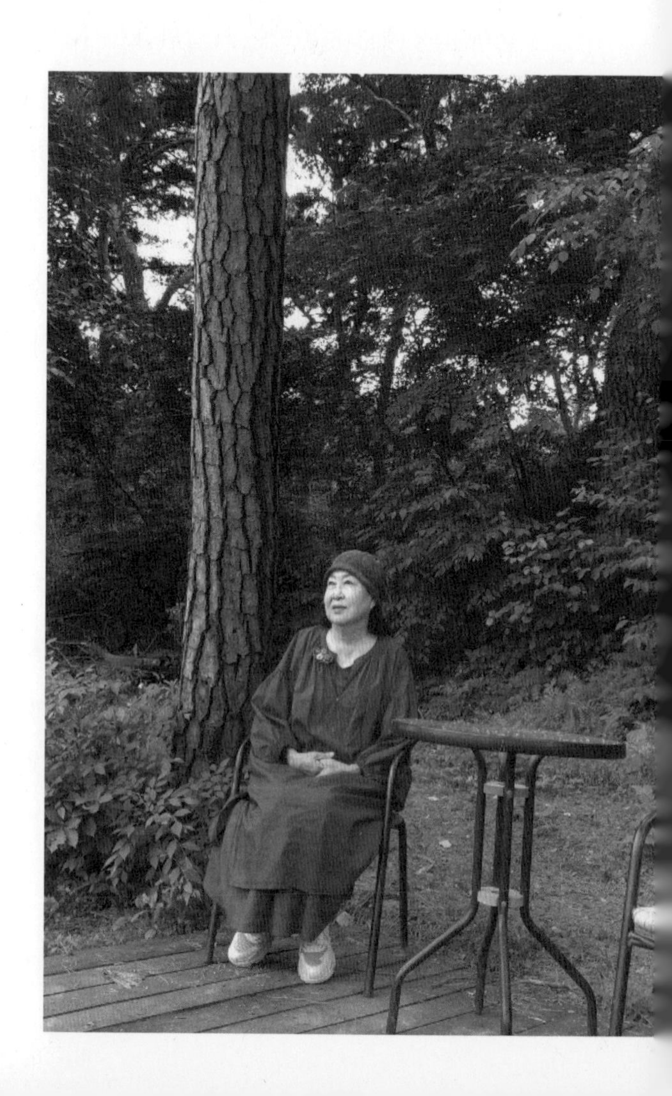

수확, 발효음료를 판매할 계획을 하고 있다. 또 빈 방이 있는 집들이 많으므로 민박 공유를 할 수 있도록 하는 한편, 자전거 길을 만들 계획이다.

마을회관을 카페로 만들 생각을 갖고 있는데 인테리어 공사를 실시하는 한편 바리스타 강의를 듣고 있다. 물론 이 모든 일은 조합원들, 즉 마을 사람들이 함께하는 일이다.

마을여행 기획가 양성 프로그램을 듣는 이유는 다른 마을 사례를 우리 마을에서는 어떻게 적용할까 모색하기 위해서다. 보통 사람들이 그냥 지나치는 들꽃을 갖고도 전문가는 스토리를 만들어 프로그램을 진행한다. 양성 프로그램을 통해 우리는, 나는 그것을 모색한다.

우리 마을을 어떻게 스토리텔링할까. 내동마을처럼 연꽃단지가 없는 우리는 연꽃 대신 무엇을 내세울까. 마을 카페에는 책방처럼 책을 좀 갖다 놓으면 어떨까. 야생화가 많으니 삽목 프로그램을 진행하면 어떨까.

사실 내 나이에 뭔가를 한다는 것은 쉽지 않다. 올해 일흔여덟. 옛날 같으면 완전 할머니다. 그런데 내 마음은 젊은 시절보다 좋다. 이 프로그램을 이수하면 내게는 '마을여행 기획가'라는 타이틀이 주어진다. 물론 타이틀은 전혀 중요하지 않다. 그런데 이 나이에 교육을 받고 새로운 세상을 만난다. 새로운 사람을 만난다. 내가 낸 아이디어에 다른 사람의 아이디어가 합쳐져 마을을 보다 아름답게 만들고 사람들이 찾아오는 곳으로 만든다. 내가 즐거워서 하는 일이 다른 사람을 즐겁게 한다. 역시 해볼 만한 일이다.

내가 장촌마을과 인연을 맺은 지는 벌써 29년 전인 1991년이다. 그때 둘째 딸 지영이가 아팠다. 대학 입시를 앞두고 임파선암을 진단받은 것이다. 당시 내가 살던 곳은 서울 강남 한복판. 수술 후 항암치료 과정에서 서울이 아닌, 전원에서 요양생활을 하면 좋겠다 싶었다.

나는 지영이를 데리고 경기도 퇴촌의 한 집에서 한 달 정도 세를 살았다. 암 수술 후에는 무엇보다 환경과 섭식이 중요하다. 자식이 아픈데 엄마가 못할 게 없다. 나는 삼시 세 끼 지영이를 위한 밥상을 차렸다. 시간을 맞춰 산책을 하고, 암 치료에 좋다는 차를 마시게 했다. 남편은 국내외 자료를 뒤졌고, 일본 등에서 몸에 좋다는 것이 있으면 그걸 구해왔다.

친구 중 하나가 장촌에 땅을 갖고 있었다. 친구와 함께 장촌마을을 보러 왔다. 전형적인 시골마을. 풍광도 좋고, 마음에 꼭 들었다. 이런 곳이라면 당장 지영이와 지내기에 좋겠다 싶었다.

사실 나는 지영이가 정상적인 생활을 하기 쉽지 않겠구나 생각했다. 완치를 한다 해도 보통 여성들처럼 결혼해서 아이 낳고 살기가 쉽지 않아 보였다. 나중에라도 지영이가 공기 좋은 곳에서 살기 위해서는 이런 시골에 집이 있어야 했다. 친구를 앞세워 마을 이장을 찾아갔다.

"혹시 집 나온 거 있을까요?"

"바로 우리 옆집이 나왔어요."

오래된 옛날 시골집이었다.

"제가 살게요."

나는 가계약을 하고 집으로 돌아왔다. 그리고 다음날 지영이를 데리고 그 집으로 들어갔다. 공부도 하지 말고 건강하게 살기만을 바라고 함께 들어갔던 지영이는 기적처럼 병이 나았고 건강해져 그해 대학을 들어갔다.

서울 생활을 하면서 틈나는 대로 장촌을 드나들었던 나는 2004년, 낡은 집을 헐고 집을 새로 지었다. 그리고 아예 장촌으로 이사했다. 17년 전이었다.

세월이 지나 아무렇지도 않게 이야기하지만, 대학 입시를 앞두고 딸이 암 진단을 받고 수술할 때는 그야말로 세상이 무너진 듯했다. 그러나 나보다 더 무너질 수밖에 없는 것은 딸 지영이. 그런 딸 앞에서 내가 무너진 모습을 보일 수는 없었다. 지영이 역시 강한 아이라 내 앞에서 그런 기색을 보이지 않았다.

지영이가 중학교 들어갈 무렵, 남편이 사업에 실패했다. 남편은 경남 창원으로 내려가 취직을 했다. 남편은 우리 모두 창원으로 함께 내려가길 바랐다.

"나는 피아노 선생님 집에서 살 테니 엄마와 언니만 내려가."

지영이는 단호했다. 공부도 잘했지만, 지영이의 꿈은 어렸을 때부터 피아니스트였다. 다섯 살 때부터 피아노를 가르쳤는데 남달랐다. 콩쿠르에 나가면 우승도 곧잘 했다. 형편이 어려우니 꿈을 포기하라고 할 수 없었다. 결국 남편만 내려가고 나는 두 딸을 데리고 서울에 남았다.

지영이는 예중 시험을 보길 원했다. 그러나 예중을 보낼 형편이 되지 않았다. 예술학교는 실력 좋은 아이들과 부잣집 아이들이 많다. 합격해도 등록금, 레슨비 등도 만만찮다. 우리 형편에 다닐 수가 없다.

지영이가 예중 시험을 보러 가던 날, 남들은 다 자가용 타고 학교 앞에서 내리는데 우리는 버스를 타고 걸어갔다. 학교로 걸어가며 말했다.

"지영아, 우리는 그냥 실력만 테스트하자. 합격해도 우리 가지 말자."

나는 웃으며 말했다. 그러나 내 마음은 울었다.

시험은 국어, 수학, 실기. 합격하길 바라야 하나, 떨어지길 바라야 하나. 시험이니 당연히 합격하길 바라는 마음이지만, 붙어도 걱정이었다.

결과는 합격이었다. 입학금과 등록금을 내야 했다. 그러나 돈이 없었다. 등록 마감일까지 나는 마음을 둘 곳이 없었다. 합격하고도 등록을 못하게 되는 지영이를 차마 볼 수 없었다. 마감 시간은 오후 4시 반. 결국 그 시간이 되도록 나는 돈을 구하지 못했다.

"내가 등록했다."

창원에 있던 남편이 전화로 말했다.

지영이 때문에 지금의 장촌마을에서 살게 됐으니 지영이 이야기를 더하지 않을 수 없다. 학교에서 지영이는 실기도 교과목도 선두를 놓치지 않았다.

지금도 그렇지만 나는 이런저런 만드는 걸 좋아한다. 학교에 가보지 않을 수 없어 나는 한 학기가 끝나고 담임을 찾아갔다. 선물이라고 들고 간 것은 내가 만든 식탁보와 손수건.

"저희 형편이 참 그래서……."

나는 집안 사정을 이야기했다.

"걱정하지 마세요. 지영이가 잘합니다."

안심이 됐다. 그러나 부모가 뒷받침을 못하는 게 미안했다.

예중을 졸업하고 이어 예고로 들어가서도 마찬가지였다. 고등학교 때 반장을 하니 그래도 엄마로서 할 일을 해야겠다 싶었다. 육성위원이 되었기 때문이다. 그러나 바자회 한두 번 하고 더 이상은 육성위원을 할 수 없었다. 시간과 형편이 되지 않았다. 지영이는 그래도 혼자서 잘해냈다. 고등학교 3년 내내 선두를 놓치지 않았다.

지영이는 피아노과를 지원했다. 그런데 떨어졌다. 학교에서도 의아하게 생각할 정도였다. 전국적으로도 선두를 놓친 적이 없었는데. 지영이는 곧바로 학원에 등록했다. 재수를 시작한 것이다.

"엄마, 어깨가 아파."

"피아노를 너무 쳐서 그런 거 아니니? 좀 쉬면서 하지."

5월쯤이었다.

나는 지영이에게 공부해라, 피아노 쳐라, 라는 말을 해본 적이 없다. 그만 공부해라, 그만 피아노 쳐라, 좀 쉬어라. 나는 주로 이렇게 말했다.

피아노를 치는 것은 힘든 일이다. 어깨가 아픈 것이 피아노를 쳐서 그렇겠거니 했다. 집 가까운 정형외과에 갔다. 의사는 당장 큰 병원으로 가라고 했다. 신촌세브란스 병원으로 갔다. 임파선암이었다. 지영이는 병원에 들어갈 때도 책을 잔뜩 싸갖고 들어갔다.

수술 후 항암치료를 받는 것은 쉽지 않았다. 항암치료를 받고 나면 아이는 거의 초주검이 됐다. 모든 엄마가 그렇겠지만, 내가 아픈 게 낫지 자식 아픈 걸 보는 건 정말 못할 일이었다. 그래도 자식 앞에서 약한 모습을 보일 수는 없었다. 나는 지영이에게 잘될 거라고, 걱정하지 말라고 웃으며 말했다. 그러면서 백방으로 치료방법을 알아봤다.

항암치료를 계속 받는 건 쉽지 않았다. 결국 우리는 항암치료를 중단하기로 했다. 대신 자연치료법에 매달렸다. 지금의 장촌 시골집을 알아본 것도 그중 하나였다. 일체의 음식을 다 집에서 만들어 먹이고, 재료도 무농약으로 직접 구입했다. 간장 하나도 조심했다. 지영이는 살아 있어도 살아 있는 게 아니었다. 나는 제대로 살 수 있을까 싶을 정도였다.

같은 병이라고 모두에게 같은 결과가 나오지 않는다. 다른 사람은 몰라도 지영이는 자연치료법이 효과가 있었다. 결국 병을 이겨낸 것이다. 완치 판정을 받기까지 한동안은 병원을 가지 못했다. 검사 결과 혹시라도 암 세포가 그대로 남아 있을까 무서웠다. 겉으로 보기에는 멀쩡하지만 항암치료를 받은 것이 아니니 모를 일이었다.

그러고 보니 큰딸 화영이 얘기를 못했다. 화영이와 지영이는 두 살 터울이다. 지영이가 재수를 할 때 화영이도 같이 재수 학원에 다니고 있었다. 화영이는 당시 한 대학의 물리학과를 다니고 있었다. 그런데 어느 날, 학교를 그만두었다. 성악을 공부하겠다는 것이다. 나도 모르게 욕이 나왔다.

"너, 하려면 제대로 해! 어정쩡하게 할 거면 아예 하지마! 아주 잘하든지, 아예 포기하든지!"

나는 독하게 말했다. 동생이 병원을 다니는데 멀쩡히 다니던 학교를 그만둔 딸이 한편으로 야속했다. 물리학과를 다니던 아이가 성악을 한다는 것도 기가 막힌 일이었다.

남편은 창원에 내려가 있었고, 두 딸을 키우기 위해 나는 뭐라도 해야 했다. 그러나 집에서 살림만 했던 내가 취직을 하는 것도 쉽지 않았다. 나는 아파트 상가에 숙녀복 가게를 열었다. 나름 눈썰미 있게 옷을 갖다 놓다 보니 장사는 그런대로 괜찮았다.

두 아이를 재수학원 보내고, 레슨 보내고, 병원 치료 받으러 다니고 ……. 지금 생각하면 아득하다. 그런데 그때는 힘든 줄 몰랐다. 그저 하루하루 정신없이 살았을 뿐이다. 나도 열심이었고, 아이들도 열심이었다. 남편도 열심히 살았다.

뒤늦게 성악을 공부한 화영이는 이듬해 원하던 대학의 성악과에 합격했다. 자기가 하고 싶은 걸 하다 보니 아무래도 남들보다 더 열심히 했기 때문이 아닐까 싶었다.

지영이는 중간에 피아노 전공을 작곡으로 바꾸었다. 피아노를 칠 기력이 안 됐던 것이다. 당시 나는 공부고 뭐고 그냥 집에서 그냥 쉬었으면 하길 바랐다. 당장 앉아 있을 힘도 없는데, 그러다 쓰러지면 아무 소용없지 싶었기 때문이다. 무엇보다 아픈 딸이 안타까웠다.

그래도 지영이는 공부를 했다. 그리고 원하던 대학의 작곡이론과에 입학했다. 두 딸이 동시에 같은 대학 음대를 들어간 것이다.

지영이는 투병하면서 작곡이론과에 입학했음에도 불구하고 그리 흥미를 붙이지 못했다. 특히나 여전히 몸이 완전히 정상이 아닌 상태였기 때문에 학교도 다니다 말다 했다.

2학년을 마치고 어학연수도 받을 겸 지영이는 미국으로 떠났다. 나는 지영이에게 말했다.

"지영아, 공부 그만하고 미국 가서 구경도 좀 하고 재미있게 놀다 와."

나는 좀 쉬고 놀기를 바랐다. 그런데 한 달 만에 돌아온 지영이가 말했다.

"엄마, 아무래도 안 되겠어. 나 법대 편입할래. 법대 청강을 했었는데 그게 맞는 거 같아."

평생 피아노만 치면서 살 줄 알았던 지영이였다. 피아노과가 아닌 작곡이론과였지만 음악이었다. 그런데 법대라니!

자식을 키워보면 자식이 뜻대로 안 된다는 말을 실감한다. 부모가 가라는 길로 가는 자식은 없다. 저마다의 인생을 살아간다. 자기가 하고 싶은 공부가 따로 있다는데 말릴 수는 없는 일이었다.

지영이는 결국 법대로 편입했다. 졸업 후 2년간 사시 공부를 해서 합격, 지금은 변호사로 활동하고 있다.

지영이는 자신의 이야기를 담은 책도 펴냈다. 『피아노 치는 변호사, NEXT』. 이 책에는 엄마인 내가 겪은 지영이의 삶보다 본인이 겪은 파란의 삶이 그대로 녹아 있다.

사람은 저마다 팔자라는 게 있나 싶다. 큰딸 화영이가 물리학과에서 성악으로, 둘째딸 지영이가 음악에서 법학으로 전공을 바꾼 것은 각각의 팔자려니 생각한다. 저마다 좋아하는 것이 있고, 부모나 다른 사람이 등 떠밀어서 뭔가를 할 수 있는 것은 잠깐 가능할 뿐이다. 인생은 각자의 인생이다. 돌이켜 보면 내 인생도 그렇다.

인천 송림동, 내가 태어나 어린 시절을 보낸 곳이다. 초등학교 1학년 때 6.25 전쟁이 났다. 비행기 소리만 나면 방공호로 숨어 들어갔던 기억, 북한군이 우리와 같은 사람이라는 게 신기했던 기억이 난다.

인천에서의 기억은 그리 많지 않다. 전쟁이 난 그해 겨울 배를 타고 우리 가족은 부산으로 피난을 가서 몇 년을 그곳에서 살다 9.28 수복 후 서울로 올라와 살았다. 우리가 살던 곳은 안국동.

전쟁 때나 전쟁 후나 모두 다 어려운 시절이었다. 집에서 끼니 걱정을 하지 않았을 뿐이었다. 어린 나로서는 때되면 밥 먹고, 학교 가고, 놀았다.

아버지는 사업을 했다. 아버지는 남동생에 비해 딸인 나를 유독 예뻐했다. 남동생에겐 무조건이었던 것을 나는 딸이라면서 이것저것 안 된다는 게 많았다.

고등학교 때였다. 한 번은 용돈을 모두 꽃분홍 블라우스를 사는 데 썼다. 색깔도 예쁘고 디자인이 좋아 꼭 사고 싶었던 블라우스였다. 나일론으로 만든 옷들이 형형색색, 화려하게 나오기 시작할 때였다.

"아니, 어디 여학생이 이런 색깔의 옷을 입고 다녀!"

블라우스를 본 아버지는 노발대발하며 불에 태웠다. 그렇다고 내가 순순히 잘못했다고 할 수는 없는 일. 나는 발을 뻗고 엉엉 울었다. 그런 나를 보고 아버지는 야단을 치기는커녕 나를 달래면서 말했다.

"돈을 줄 테니 다시 사 입어라."

아버지는 천방지축인 나를 끔찍하게 아끼셨다. 초등학교 5학년 때 폐결핵을 앓았는데, 아버지는 늘 나를 안쓰러워했다. 비가 오면 비가 온다고 학교를 안 보냈다. 그야말로 쥐면 부서질까 불면 날아갈까, 애면글면 나를 키웠다. 그렇다 보니 나는 공부에는 아예 취미가 없었다.

나는 고등학교 1학년 때 바이올린을 시작해 학교 합주부에서 활동했다. 지도 선생님은 음악 선생님이었는데 바이올린을 켜셨다. 그때는 1960년대 초, 바이올린이 귀했던 시절이다. 당시 서울 종로에는 우리나라 유일의 신신백화점이 있었다. 지금의 종로타워 자리다. 신신백화점 악기점에서 줄이 없는 바이올린 몸체를 사서 줄을 잇고 바이올린을 켰다.

우리는 월요일마다 애국가와 교가를 합주했다. 선생님은 우리가 말을 잘 듣지 않으면 우산대를 들고 다니면서 야단을 쳤다. 가끔씩은 그 우산대로 맞기도 했다. 잘하지는 못했지만, 나는 바이올린이 좋았다.

"나 바이올린 전공할래요."

하고 싶은 걸 다 하게 해줬던 아버지. 아버지는 내가 하고 싶으면 하라고 할 줄 알았다. 그러나 아니었다.

"공부하면서도 바이올린을 할 수 있는데 굳이 바이올린을 할 필요가 없지. 법대를 가야지. 법대 가서 바이올린도 하고 너 하고 싶은 거 다 하면서 살면 돼."

그러나 도무지 공부는 하기 싫었다. 어떻게 하면 재미있게 놀까. 내 머릿속에는 늘 그게 궁리였다.

고등학교 3학년이었던 그해 10월 2일. 아버지는 가정교사를 입주시켰다. 서울대 공대 1학년 학생이었다. 아버지는 말했다.

"내가 서울대 앞에 있다가 너한테 꼭 맞는 괜찮은 놈이 나타나면 붙여줄 테니까 걱정하지 말고."

그렇게 나를 아끼고 기대도 많이 했던 아버지. 아버지는 그러나 그해 10월 23일, 뇌경색으로 돌아가셨다.

입주 가정교사는 말했다.

"넌 아무 생각 말고 이제 나만 믿고 살아라."

훗날 나와 결혼한 박병철 씨. 한 살밖에 차이 나지 않았지만 그렇게 만난 그는 이후 평생 나를 지켜주는 버팀목이었다.

아버지가 돌아가셨으니 아버지 뜻대로 법대를 가야겠다고 생각했다. 나는 법대에 입학했다. 법대는 온통 남학생 천지였다. 공부도 재미없는데 학교는 더 재미없었다. 법대인 만큼 다들 공부를 열심히 했다. 중앙도서관에 가면 저마다 각자의 자리가 있을 정도로 공부들을 팠다. 그러나 나는 도서관 한 번 가보지 않았다.

나는 오전에만 잠깐 학교에 가고 오후에는 바이올린 레슨을 받거나 극장에 가서 영화를 봤다. 그때는 커다란 유리 상자 안에 든 인형세트가 유행이었다. 나는 인형 옷을 만들었다. 가야금을 연주하는 인형에게 입힐 한복을 만들다 보면 시간 가는 줄 몰랐다. 법전 보는 것보다 예쁜 인형 옷 만드는 게 더 재미있었던 시절.

시험 때가 되면 선배들에게 시험 문제를 물어봤다. 시험 문제가 거의 비슷했기 때문에 그것만 공부해서 시험을 보곤 했다. 졸업식을 마치고 나는 『육법전서』만 남겨두고 모든 두꺼운 법학 전공 책들을 엿장수에게 팔아버렸다. 4년 동안의 법대생 시간이 엿과 함께 녹아버렸다.

가정교사였던 남편에 대한 호칭이 처음에는 '아저씨'였다. 1년밖에 차이가 나지 않는데 어떻게 그렇게 불렀는지 잘 모르겠다. 그러다 이어진 호칭은 '오빠'였다. 대학 시절, 따라다니는 남학생이 있으면 나는 오빠에게 말해야 하나 말아야 하나 조금 걱정을 했었다. 그렇다고 제대로 연애를 하는 것도 아니었다.

그때는 서울공대가 태릉에 있었다. 기숙사에 있던 그를 만나러 태릉을 가기도 했다. 대학 4학년 때 그는 ROTC 장교로 부산 병기창에 있었다. 너무 보고 싶어 부산을 다녀와야겠다고 생각했는데, 엄마 몰래 다녀올 방법이 생각나지 않았다. 그런데 생각해 보니 비행기를 타면 당일치기가 가능했다. 아침 일찍 김포공항에 가서 비행기를 타고 그를 만나러 갔다. 보고 싶어 온 나를 보면 그는 얼마나 기뻐할까, 생각하면서.

"대체 여기가 어디라고 왔어! 얼른 가!"

놀란 그는 나를 야단치기 바빴다. 나는 비행기를 처음 타서 멀미를 심하게 했다. 기내에는 외국 사람들이 많았다. 멀미를 하다 고개를 들어보니 외국인이 비닐봉투를 들고 서 있었다.

대학 시절에는 그렇게 유별나게 연애를 한 기억이 별로 없다. 언제나 내가 달려가면 그는 어디에나 있었다. 연애라고 할 것이 없이, 그냥 그는 내겐 늘 있는 사람이었다. 그러다 그가 학교를 졸업하고 취직, 2년간 일본에 가 있게 됐다. 그때부터 우리는 편지를 주고받으며 연애를 시작했다. 그리고 1967년, 우리는 결혼했다.

그는 나를 너무나 잘 알았다. 나의 형편 역시 누구보다 잘 알았다. 공부를 가르치다 내가 딴짓을 하면 등짝을 때리던 그에게 나는 대학을 졸업하고 나이를 먹어도 늘 '어린애'였다. 돌아가신 아버지가 나를 아꼈던 것처럼 그는 나를 아꼈다.

사실 고등학교 3학년 때 아버지가 갑자기 돌아가신 후 나는 가장 역할을 해야 했다. 졸지에 혼자가 된 엄마는 당시 마흔다섯. 남동생은 중학교 2학년이었다.

엄마는 까만 치마저고리를 입고 하루 종일 앉아 있었다. 집안일은 일하는 아주머니에게 맡기고 당신은 남편 잃은 슬픔에서 헤어 나오지 않았다. 엄마는 아버지 없이 한 발짝도 못 움직이는 사람이었다. 한 번은 외출했다 아버지 손을 놓쳤는데 돈 한 푼도 없고 어찌해야 좋을지 몰라 집까지 걸어왔다고 할 정도였다.

맨날 울고 있는 엄마를 보고 제발 집안 좀 살피라고 말했지만 소용없었다. 아버지가 사업을 하다 갑자기 돌아가셨기 때문에 사업 정리와 상속 등 공적인 문제가 너무나 많았다. 할 수 있는 사람이 나밖에 없었다. 당장 생활비가 없으니 집 한 채를 팔기로 하고, 그 돈을 먼 친척에게 맡겼다. 매달 이자를 받아 생활비를 쓸 생각이었다. 그러나 한 달 이자만 주고 끝이었다. 돈을 다 떼인 것이다. 나는 그런 일을 처리하면서 진저리를 쳤다. 나는 생각했다.

'나는 앞으로는 다 모르고 살래. 안 보여도 보이는 것만 보고 살래.'

나는 내가 몰라도 되는 세상에서 살고 싶었다. 그리고 남편은 나를 그렇게 살게 했다.

남편은 5남매 중 막내였다. 우리의 신혼생활은 소꿉놀이였다. 나는 혼수를 장만할 형편이 되지 않았다. 더욱이 밥도 할 줄 모르고, 빨래도 할 줄 몰랐다. 그래도 재미있었다. 집에 수도가 없어 물을 길어다 써야 했는데, 머리에 물동이를 이고 나르는 것도 재미있었다. 처음에는 엎어지고 야단이었지만 몇 번 하다 보니 찰랑찰랑 리듬까지 타며 재미있었다. 월급날을 하루 앞두고 다만 얼마라도 돈이 남았으면 남편과 함께 영화를 보러 갔다.

남편과는 평생 한 번도 싸우지 않았다. 남편은 안 된다, 못한다는 말을 한 번도 하지 않았다. 언제나 나는 묻고, 그는 대답하는 사람이었다. 남편은 내게 리모컨 같은 사람이었다. 말만 하면 그는 다 해결해줬다.

누군가 나에게 부부란 어떤 관계냐 묻는다면 나는 '쓸데없는 얘기하는 사이'라고 말하고 싶다. 꼭 필요한 이야기를 나누는 관계는 업무적인 관계다. 나는 남편에게 시시콜콜 정말 쓸데없는 이야기들을 많이 하고 살았다. 누굴 만나 싫고 좋고, 무엇을 봐서 어떻고 저떻고. 그러면 남편은 그 모든 이야기를 다 들어줬다.

남편에 대한 내 마음은 사랑도 사랑이었지만, 존경심이 컸다. 살아 보니 부부는 사랑으로 사는 게 아니다. 믿음과 존경으로 산다. 나는 좋은 남편을 만난 게 평생의 복이라고 생각한다.

남편은 이제 내 곁에 없다. 얼마 전 먼저 다른 세상으로 갔다. 5년 전 남편은 육종암 진단을 받고 말했다.

"우린 즐기면서 살자. 병에 얽매이면서 살지 말고, 하던 일을 그대로 하자. 병원에 가는 것도 재미있게 왔다 갔다 하자."

처음엔 왼쪽 손 엄지와 중지 사이가 아프다고 했다. 그즈음 남편은 클라리넷을 배워 열심히 연습할 때여서 그런가 보다 했다. 한참 후 병원에 갔더니 육종암이라고, 팔을 절단 후 항암치료를 해야 한다고 했다. 그러나 처음에는 차마 그렇게 하지 못했다. 결국 나중에는 절단, 의수를 착용하고 항암치료를 받았지만.

"안 아파?"

"하나도 안 아파."

나는 정말 아프지 않은 줄 알았다. 그는 한 번도 아프다고 말하지 않았다. 수술하고, 항암치료를 받으러 병원을 다니는 동안에도 남편은 내게 운전대를 맡기지 않았다. 심지어 내가 일주일에 서너 번씩 복지관 등에 가서 한국 무용을 배울 때며, 장을 보러 갈 때며 일일이 데려다 주고 데리고 왔다. 내가 운전할 새가 없었다.

암 진단을 받고 5년 정도, 떠나고 보니 남편은 마지막 시간들을 온전히 나를 위해서 보내느라 그랬구나 싶다. 남편의 마음은 얼마나 바빴을까.

동네 사람들도 몰랐다. 아프다고 징징대면 무슨 소용 있겠냐며 주변 사람들에게 알리지 않았다. 평생 모든 것을 스스로 알아서 한 사람답게 마지막도 집이 아닌 호스피스병원에서 보내겠다고 했다. 그 병원도 본인이 알아봤다. 그것도 내가 다니기 편한 곳으로. 그리고 그곳에 간 지 불과 며칠 만에 다른 세상으로 갔다.

두 딸과 나는 남편 묘비명에 이렇게 새겼다.

'더할 나위 없는 아빠, 사랑하는 당신, for ever.'

남편을 떠나보내고 난 요즘, 사실 혼자 있는 시간이면 남편 생각이 간절하다. 집안 곳곳에 그의 흔적이 없는 곳이 없다. 금방이라도 그가 방에서 웃으며 나올 것만 같다. 나는 무심결에 그를 부른다. 그가 금세 달려와 내 필요를 채워줄 것처럼.

그래서 나는 고전무용도 더 열심히 하고, 이웃들과 마을을 위한 이런저런 일도 궁리한다. 젊은 사람들을 만나 그들의 생각을 배운다. 하루 종일 바쁘게 움직이고, 실없이 웃고 산다. 웃는 게 최고다. 인생은 있다가 없어지는 것. 다만 하루하루를 살아낼 뿐이다. 이런 나의 모습을 보고 남편은 이렇게 말할 것 같다.

"우리 귀자, 참 잘하네."

하늘나라에서 남편을 다시 만날 때까지, 나는 오늘도 하루를 즐겁게, 감사하게 살아간다.

한 가지 소망이 있다면 조금 오래 살고 싶다. 이유는 내겐 과분한 자녀들 때문이다. 아이들은 좋은 일이 생기면 가장 먼저 내게 말한다. 사실 나쁜 일은 친구에게 털어놓을 수 있지만 진짜 좋은 일은 쉽지 않다. 부모는 그렇지 않다. 자식의 일을 자식보다 더 기뻐하는 게 부모다. 오래 살아서 자식들이 나에게 그 기쁜 소식을 털어놓을 수 있다면 좋겠다.

*이 글은 박귀자 씨의 구술을 받아 1인칭으로 정리한 것이다.

① 살면서 가장 좋았던 기억은?

울산 단칸방에서 신혼 생활할 때. 친정 집안일에서 해방된 것도 좋았고, 소꿉놀이하듯 살림을 사는 것도 좋았다.

② 살면서 가장 힘들었던 기억은?

자식이 아플 때. 죽음에 대한 생각을 하지 않고 살다 딸이 아플 때 비로소 알았다. 죽는 것도 사는 것이구나. 받아들여야 했다.

③ 인생이란 무엇일까?

인생이 뭐라고 말할 수는 없다. 다만, 난 하루하루를 산다. 지영이가 아플 때도 하루를 살아내면 또 하루가 시작됐고, 그렇게 일주일, 한 달, 일 년이 됐다. 지금도 하루를 살아간다. 그렇게 하루하루를 살아내는 것이 인생이다.

자식 보고 살았고,
자식 덕분에
행복하다

최영남

1946년생

:

하늘이 파랗다. 오늘 아침은 바람도 많다. 곧 5월인데도 아침저녁으로 바람이 제법 차다. 속에 옷을 하나 더 입는다. 따뜻하게 해야지. 몸이 예전 같지 않다. 죽을 뻔한 고비를 넘긴 후 하나 깨달은 것은 내 몸을 내가 지켜야 한다는 것이다. 죽는 날까지 자식들에게 폐 안 끼치고 살다 가야는데, 싶다. 나뿐만 아니라 모든 사람들이 마찬가지겠지.

그동안 살아온 세월이 꿈같다. 지나고 보니, 어떻게 그 시절을 살아왔나 싶기도 하다. 그때는 지금 같은 세상을 살 수 있으리라고 생각하지 못했다. 그저 하루하루 발등에 떨어진 일들만 헤치면서 살았다.

어렸을 때 집이 가끔 그립다. 아버지는 정미소를 하셨다. 바로 옆에 우리집이 있었고 그 옆에 큰집 고택이 있었다. 친정은 동네에서 큰 부자였다. 정미소뿐만 아니라 바닷가 마을이라 배도 갖고 있었다. 배가 들어오는 날이면 마당에 커다란 멍석을 깔아놓고 마을 사람들이 나눠 먹곤 했다. 멍석 위에는 생선이 크기와 종류 별로 나누어져 있었다. 그리고 시원찮은 것들은 멍석 끄트머리에 놓고 짐승들에게 줄 것이라고 했다. 그런 집안이다 보니 배고픈 걸 모르고 살았다.

11남매. 나는 그중 일곱째였다. 친정어머니는 자식이 항상 우선이었다. 오직 자식만 보고, 자식만 위해서 평생을 살았다. 엄마는 늘 기도했다. 누구 하나 시험이라도 볼라치면 시험 보기 일주일 전부터 장독대에 물 한 그릇 떠놓고 빌고 빌었다. 자식이 많으니 시험 치를 때도 많았다. 엄마는 그러니 밤마다 빌었다.

"내 이제 기도하러 가니 곁에 오지 말거라!"

엄마의 기도 시간은 단호했다. 당신이 기도하는 중에는 얼씬도 못하게 했다. 그러니 다들 잠든 시간에 홀로 나가 오래오래 당신 속을 다 드러내고 천지신명께 빌고 빌었을 것이다. 제발 우리 아들, 우리 딸 잘되게 해달라고. 그리고 내 속 좀 풀어달라고.

자식이 많다 보니 엄마는 어떤 자식이 어떤 짓을 할지 몰라 전전긍긍했다. 뿐만 아니라 밖에 나가 자식 자랑 한 번 하지 않았다.

"내가 아들이 다섯, 딸이 여섯이다. 내가 딸 자랑했다가 그 딸이 무슨 짓을 할지 모르고, 아들 자랑을 했다가도 마찬가지다. 한둘도 아니고, 일일이 따라다닐 수도 없고. 어떤 자식이 나가서 어떤 행동을 할지 모르는데 내가 무슨 자랑을 하겠나. 내가 입이 없어서 말을 안 하는 게 아니다."

11남매. 말이 그렇지, 줄줄이 자식을 낳고 키우는 게 어디 쉬운 일일까. 나름 배운 여성이었던 엄마는 동네 이런저런 일을 도맡아 했다. 부인회장을 지내기도 했다. 어떤 행사라도 있어 다 같이 찍은 기념사진 속 엄마는 키가 작다.

"사진사가 하나, 둘, 셋 하면 절로 몸을 움츠렸다. 열하나 중 누구 하나라도 안 좋은 일을 할까 내가 절로 몸을 그렇게 움츠렸지."

엄마는 스스로 그렇게 사람들 앞에서 당신을 낮췄던 분이다.

자식을 줄줄이 낳다 보니 나중에는 며느리와 같이 배가 불렀고, 며느리와 같이 출산했다. 내 아래 아홉 번째, 열 번째, 열한 번째인 막내까지 엄마는 며느리와 같이 출산했다. 그 바람에 이 동생들은 조카들과 같이 학교를 다녔다. 심지어 조카와 삼촌이 같은 반에서 공부하는 일도 있었다. 엄마는 처음에는 큰오빠를 데리고 살다 나중에는 따로 살림을 차려서 내보냈다.

"내가 애를 다시는 더 안 낳으려고 별짓을 다했다. 장광에 올라가 몇 번을 뛰어내렸다. 그래도 안 떨어지더구나. 하는 수 없이 배가 불러 애를 낳았는데 낳고 보니 내가 큰 알을 낳았다. 애기가 막에 싸여 있었지. 지가 살려고 그렇게 저를 보호하고 나온 거지."

소설 같은 엄마의 삶.

아버지는 구척장신에 힘이 좋았다. 동네에서 힘센 장사 6명하고도 붙어 이겨낸 사람이었다. 아버지는 술을 하지 않았다. 그래도 '기생집'은 들락거렸다. 아버지가 기생집에 가면 그날은 그 집이 문을 닫는 날이었다. 더 이상 손님을 받지 않아도 될 만큼 아버지는 돈을 내고 놀았다.

"야, 가방 들고 와."

난 그 남자아이가 좋았다. 수업이 끝나면 그는 내 가방을 짊어졌다.

"좀 이따 보자."

집에 가방 내려놓기 무섭게 나는 다시 그를 만나러 나갔다. 소꼴을 먹여야 했던 그는 소를 몰고 나왔다. 우리는 들로, 산으로 다녔다. 보리서리도 하고, 감자서리도 했다. 서리한 감자를 들에서 구워 먹기도 했는데, 세상에서 가장 맛있는 감자였다. 냇가를 건널 때면 그는 나를 소에 태웠다. 소 등에 올라 벌판 너머 바다를 보면 세상 부러울 것이 없었다. 중학생 때였다.

우리는 세상 둘도 없는 친구로, 속을 훤히 아는 사이가 됐다. 우리의 우정은 알콩달콩 이어져 사랑이 됐다. 그러나 집에서는 쉽게 허락을 하지 않았다. 언니들은 제대로 공부를 해서 모두 학교 교사가 되었지만, 나는 그다지 공부에 취미가 없었다.

그가 대학을 졸업하고 지방의 한 소도시에 직장을 얻었다. 스물여덟 살에 나는 임신을 했다.

"내가 동네 창피해서 못 산다! 당장 나가라!"

내가 배가 불러오자 엄마는 나를 집에서 내쫓았다. 내가 갈 곳이라고는 그가 있는 곳. 왜 그렇게 반대했을까. 오래 사귀어 속내도 알고, 나이도 들 만큼 들어 오히려 늦은 나이였는데.

이미 아버지가 돌아가신 후였고, 엄마도 내가 출산한 직후 몸이 안 좋았다. 유방암 진단을 받은 것이다. 언니들도 다들 바빠 병구완을 할 사람이 없었다. 나는 막 태어난 딸을 데리고 다시 친정으로 들어가 엄마 곁에 있었다. 그러면서 엄마의 한 많은 세월을, 끝없이 바람 피웠던 아버지 이야기를 제대로 들을 수 있었다.

"네 아부지, 단 한 번도 나한테 미안하다는 말을 하지 않았다. 그게 참 억울하다. 나 같은 인생은 없다. 너는 나처럼 살지 말거라."

59세 젊은 나이에 친정엄마는 세상을 떴다.

"우리 딸이 배치고사에서 1등을 했어. 여기서는 안 되겠어. 아무래도 서울로 가야겠어."

초등학교 6학년이던 딸이 중학교 입시를 앞둔 배치고사에서 1등을 했다. 사람은 서울로 보내고, 말은 제주로 보내라고 지방 소도시에서 딸을 교육시킬 생각을 하니 갑갑했다. 큰 도시로 나가느니 차라리 서울로 가서 제대로 공부시키는 게 낫겠다 싶었다. 남편도 응했다. 큰딸도 큰딸이지만, 그 아래 남매 역시 공부를 곧잘 했다.

남편은 안정된 직장에서 일했다. 남편이 회사를 그만둘 수는 없었다. 남편은 그대로 남고, 나는 세 아이를 데리고 서울 강남으로 갔다. 지금도 그렇지만 강남은 우리나라 교육 1번지.

그런데 전학을 하려고 하니 아래 초등학교 아이들은 문제가 없는데 중학교인 큰딸이 문제가 됐다. 소위 '8학군' 전학이다 보니 서울 아이들이 우선이었고 자꾸 뒤로 밀렸다. 학교를 쉴 수 없어 나는 두 아이를 데리고 서울에 있으면서 전학 방법을 계속 알아보고, 딸아이는 제 아빠와 같이 살고 있었다.

"엄마, 나 그냥 검정고시로 고등학교 들어갈 테니까 제발 서울로 데려가 주세요."

전학이 늦어지자 딸이 한 말이었다. 어찌어찌 방법을 찾던 중 드디어 8학군 중학교로 전학을 할 수 있었다. 가자마자 바로 중간고사였다. 딸은 첫 시험에서 1등을 했다. 그리고 이후 1등을 놓치지 않았다.

자식을 키워본 사람들은 다 같은 마음일 것이다. 자식이 공부를 잘하거나 뭐든 잘하면 세상 남부러울 것이 없다는 것을. 먹지 않아도 배가 부른 그 심정을.

큰딸과 둘째딸, 막내인 아들까지 다 공부를 잘했다. 아이들 교육 때문에 서울로 올라온 보람이 있게 다들 좋은 대학을 갔고, 제 앞가림을 하고 산다. 자식 때문에 살아온 세월이었지만 아이들이 잘 따라줬고 저마다 몫을 해냈으니 돌아보면 참 고맙다.

강남에서 세 아이를 교육시키는 일은 남편 월급 갖고는 부족했다. 처음에는 식당에서 월급을 받으면서 일을 하다 나중에는 손칼국숫집을 차렸다. 밀가루를 반죽해서 숙성시키고 밀대로 밀어 일일이 칼로 썰어 국수를 만들어내니 맛이 좋았다. 제법 소문이 나서 손님이 줄을 이었다. 새벽부터 일해도 피곤한 줄 몰랐다. 아이들은 공부 잘하고, 말썽 없이 잘 크고 장사는 잘됐다.

주말에 남편이 오기도 하고, 내가 아이들을 데리고 내려가기도 하고, 아이들만 내려가기도 하는 생활이 1년쯤 이어졌다. 그런데 어느 날부터인가, 느낌이 이상했다. 여자들은 굳이 누가 말하지 않아도 느낌만으로도 안다. 조금 이상

했다.

“혹시 소문 들었어요?”

어느 날 아는 사람에게 전화가 걸려왔다. 동네가 빤하다 보니 남편 바람난 것이 동네방네 소문이 났던 모양이다. 남자 혼자 살다 보니 여자를 집안으로까지 끌어들인 것이다. 그러니 동네 사람 입방아에 오르기 딱 좋을 밖에.

“압니다.”

전화를 끊었다. 바람난 남편. 어떡해야 하나.

남편은 애들과 집밖에 모르던 사람이다. 그는 중학교 시절부터 친구였다, 애인이었다, 남편이 된 사람이다. 애들 데리고 계곡에 가서 물고기 잡아 매운탕 끓여 먹고, 주말이면 아이들 데리고 이곳저곳 놀러 다녔던 좋은 아빠였다. 남편은 아이들이라면 껌뻑 죽었다. 아이들도 아버지를 당연히 좋아했다. 특히 막내인 아들은 아빠가 세상 최고였다.

그런데 그 남편이 바람이 났다. 주말에 아이들끼리 내려가면 남편은 아이들만 집에 둔 채 시내 여관에서 자고 들어갔다. 아빠를 보러 갔는데 아빠 없는 집에서 짜장면으로 끼니를 때운 아이들은 말했다. 아빠가 집에 들어오지 않는다고. 내가 아이들을 데리고 내려가면 남편은 우리를 길 한복판에 세워놓고 공중전화 박스로 달려가 그 여자와 통화를 했다.

한 번은 초등학생이었던 아들이 혼자 아버지를 보겠다고 내려갔다. 그런데 집에 도착했어야 할 아이가 없어졌다. 친구네 집에도 없고. 아들이 사라진 것이다. 서울에서 장사를 하고 있던 나는 사색이 되었다. 남편도 연락이 되지 않았다. 어디서 아들을 찾나.

아들이 서울 집에 돌아온 후에야 나는 그 내막을 알았다. 여자가 사는 근처 도시에 가 있었던 남편은 아들을 그 도시로 불러 역전에서 통닭 한 마리 사 먹이고 서울로 올려 보낸 것이었다. 이럴 수는 없는 일이다. 이제 열한 살밖에 안 된 아이를 혼자 기차 타게 하고 낯선 곳까지 불러들여 통닭을 먹여서 보내다니. 아비가 할 수 있는 일이 아니다. 그야말로 나는 눈이 돌아버렸다.

남편을 붙잡고 죽네 사네 하다 나는 그 여자를 만났다.

"아가씨도 좋은 사람 만나 결혼해야지. 이게 무슨 일인가. 우리가 서울에 다 올라와 있고 남편 혼자 있다 보니 이런 사달이 난 것 같은데, 먹고 살 만큼은 아니어도 내가 다만 얼마라도 줄 테니 다시는 만나지 말았으면 좋겠네."

좋게 말했다. 헤어지라고. 없는 형편에 돈도 마련해갔다. 그런데 여자가 말했다.

"저 못 헤어져요. 그 사람 없으면 저 못 살아요."

나는 여자의 부모를 만났다.

"따님 때문에 우리집이 파탄 나게 생겼습니다. 양쪽 집이 이렇게 돼도 좋습니까?"

어떤 부모가 딸이 처자식이 멀쩡한 남자와 살림을 차렸는데 가만있을까. 그들은 당신네 딸은 딸대로 죽기 살기로 말리는 한편, 남편을 만나 결단을 내리라고 했다. 그러자 남편이 말했단다. 6개월만 살게 해달라고.

남편이 그 여자와 깨 볶는 시간 동안 나는 죽지 못해 살았다. 그런데 어느 날, 여자가 찾아와 말했다. 남편을 자기에게 달라고. 나는 참다 결국 앞에 있던 맥주잔을 여자 얼굴에 들이붓고 나왔다.

남편은 그 좋은 직장에서도 결국 나왔다. 좁은 동네에 소문이 자자했을 것이고, 소장이 본사로 발령을 내겠다고 하자 남편이 스스로 그만뒀다. 면목이 없었던 것이다. 직장도 그만둔 남편은 아예 여자 집에 가서 살림을 차리고 살았다.

나는 칼국수를 팔았다. 팔고 또 팔았다. 장사는 잘됐다. 처음엔 일일이 손으로 밀고 썰었으나 손님이 많아져 도저히 손으로 다 할 수 없어 기계를 들여놓았다. 반은 손으로, 반은 기계로 칼국수를 만들었다.

아이들은 모두 착했다. 공부도 잘했다. 아이들이 고마웠다. 그런데 어느 날 큰딸 담임이 전화를 했다. 공부도 잘하고, 피아노도 잘 치고. 못하는 게 없는 딸이었다.

"수업 시간에 먼 산만 보네요. 성적도 떨어지고요. 혹시 집안에 무슨 일이 있으신 건 아닌지요."

집안이 풍비박산이 났는데 집중해서 공부할 수는 없는

일. 잘 참아낸다 싶었는데 역시 아니었다.

"엄마 아빠 우리 가족 모두 행복하게 지냈던 것이 생각나 공부를 할 수가 없어."

우는 딸을 붙잡고 나도 울었다. 나의 불행이 자식들 불행으로 이어진다는 것이 참을 수 없었다. 남편이 죽이고 싶도록 미웠다. 아예 죽은 사람도 아니고. 나도 사실은 제정신으로 사는 게 아니었다.

어느 여름 날 손가락이 국수 뽑는 기계로 밀려들어갔다. 눈 깜짝할 사이였다. 처음에는 아픈 줄도 몰랐다. 너무 놀라 빼고 보니 손가락 한 개가 말려들어가 있었다.

너덜해진 손가락. 툭 끊어진 손가락을 휴지통에 내버리고 그대로 손을 부여잡은 채 병원으로 달려갔다. 병원에서는 버린 손가락이 있어야 봉합한다고 했다. 식당에 전화해 휴지통에 버려진 손가락을 냉동실에 넣으라고 하고, 택시를 타고 부리나케 달려가 다시 손가락을 들고 가 봉합수술을 했다.

입원을 하라고 했지만 그동안 방학을 맞아 아버지에게

로 간 아이들에게서 연락이 왔다. 아버지가 집에 돌아오지 않는다고.

아팠다. 그런데 손가락 아픈 것보다 마음이 더 아팠다. 남편이 다른 여자와 살고 있는데, 나는 애들하고 살려고 이렇게 사는가.

죽고 싶었다. 그러나 나는 살았다. 밀가루를 반죽하고, 국수를 썰고 끓여댔던 나는 기계만 보면 겁이 났다. 이번에는 업종을 바꿔 설렁탕집을 했다.

그렇게 하는 동안 시간이 갔다. 1년쯤 지난 어느 날, 남편이 집으로 왔다. 여자를 정리하고 집으로 돌아온 것이다. 그러자 이번에는 여자가 남편을 찾아왔다. 여자는 미처 정리가 안 된 것이다. 남편은 이제 끝났다고 하고, 여자는 그럴 수는 없다고 하고. 두 사람이 티격태격하는 걸 보니 가관이었다. 내 집에서 이게 무슨 짓거리인가.

머리채를 붙잡고 내동댕이쳐도 시원찮을 판이었지만, 나는 참았다. 다음 날 여자의 올케가 전화를 했다.

“사모님, 고맙습니다. 맞아죽을 줄 알았는데 잘 돌려보내주셔서 고맙습니다. 이젠 절대, 다시는 그런 일 없을 겁니다. 고맙습니다."

그렇게 남편은 집, 아이들에게 돌아왔다. 이제 우리집도 평안이 찾아왔다. 나는 설렁탕을 끓여 팔았고, 남편은 그새 취직을 했다. 세 아이는 제 몫을 다하면서 공부했다.

남편은 정확한 사람이었다. 여자 문제만 아니라면 성품도 착했다. 다시 들어간 회사에서도 일을 잘하자 곧 사장의 신임을 받았다. 나중에는 아예 사업을 남편에게 맡기다시피 했다. 사장은 남편에게뿐만 아니라 나에게까지 차를 사 줄 정도로 잘했다. 남편이 술 먹고 운전을 하지 못하면 내가 차를 갖고 가서 남편을 데리고 왔다. 여자 문제로 정은 떨어졌지만 가장으로서, 아이들 아버지로서 몫을 다했으므로 나는 그렇게 아이들 공부시키고 살아가는 일만 남았다 생각했다.

그런데, 이번에도 또 여자 문제로 사달이 났다. 이번에는 같은 회사 동료였다. 거기에 가정이 있는 여자였다. 그 여자의 남편이 어느 날 내 가게로 쳐들어왔다.

"당신 남편이 우리 마누라를 망쳤으니 내 가만 있을 수 없지!"

남자는 의자를 집어 바닥에 패대기쳤다. 식탁도 넘어뜨리고, 식당 집기도 부쉈다. 그리고 소리쳤다.

"내 당신 딸 둘을 다 잡아먹겠어!"

남편이 또 바람이 난 것도 죽을 지경인데 내 가게에 와서 행패를 부리고, 내 딸들을 함부로 입에 올리다니!

"나는 이미 남편이고 뭐고 버린 지 오래다! 네 맘대로 해라! 그러나 내 자식들 손가락 하나라도 건드리면 너 집구석은 그날로 끝장이다! 네 맘대로 해라!"

네 놈이 뭔데, 네 놈이 뭔데! 나는 악에 받혀서 죽도록 소리쳤다. 피를 당장 쏟아내고 싶은 심정. 가슴은 찢어질 듯 아팠다. 아, 죽을 수만 있다면.

자식들 얼굴이 앞을 가렸다. 어떤 일이 있어도 자식들은 키워야지. 나는 이를 악물고 내동댕이쳐진 의자를, 엎어진 그릇들을 정리했다.

남편과 바람이 난 여자는 회사 경리였다. 사장이 믿었던 두 사람이 바람을 피우다 보니 회사 돈에 손을 안 댈 수 없는 일. 두 사람은 결국 회사에서도 쫓겨났다. 남편은 차도 뺏기고 알몸으로 쫓겨나왔다. 그래도 회사 사장은 내겐 고맙다며 내게 준 차는 그대로 가지라고 했다. 그리고 두 사람은 사라졌다.

"내가 지금 마누라 찾으러 가는데, 당신도 남편 찾으려면 춘천으로 오시오."

어느 날, 여자의 남편에게서 전화가 걸려왔다. 나는 장사를 하다 말고 그대로 뛰쳐나갔다. 여자의 남편이 알려준 동네로 가서 두리번거리고 있는데 때마침 여자가 공중전화 박스에서 나왔다,

"너, 나 누군지 알지?"

나는 여자의 멱살을 잡았다. 실랑이를 벌이는 사이 남편이 나타났다. 그러는 사이 여자의 남편도 뒤늦게 도착을 했다. 자기 남편을 본 여자는 사색이 되어 남편을 향해 소리쳤다.

"도망쳐! 도망가! 잡히면 죽어! 빨리 도망가!"

놀란 남편은 여자가 소리치자 그대로 달아났다. 분하고 억울한 나는 길바닥에 퍼질러 앉아 울고, 여자는 제 남편에게 맞아죽을 지경이라 길바닥에서 벌벌 떨고, 여자의 남편은 화를 삭이지 못해 씩씩거리고. 사람들은 이보다 더 좋은 구경거리가 있나 싶어 슬금슬금 모여 쳐다봤다. 기가 막힐 일이었다.

여자의 남편은 마누라를 앞세워 자기 부인과 내 남편이 사는 집으로 갔다. 둘은 그곳에 살림을 차리고 살고 있었던 것이다. 이부자리며 주방의 살림살이며, 옷가지며……. 여자의 남편은 살림을 다 때려 부쉈다. 여자는 남편 발아래 엎드려 살려 달라고 울면서 빌었다. 이게 꿈인가 싶었다. 여기가 대체 어디인가. 대체 나는 어디에 와 있는가. 울고 있는 이 여자는 누구고, 씩씩대며 살림살이를 때리고, 부수고, 찢는 저 남자는 누구인가. 남편은 어디에 있는가.

"죄송합니다. 사실은 남편이 바람을 피웠어요. 마음이 힘든데 바깥 분께서 자상하게 잘 대해주시더라고요. 고마웠어요. 잘 다독여주고. 그러다 보니 정이 들었어요. 그러면 안 되는 거 알면서도 그랬어요. 미안합니다. 정말 미안합니다."

서울로 올라오는 길에 다들 끼니를 건너뛰었으니 밥이라도 먹자며 휴게소에 들렀을 때 여자가 말했다. 그런 상황에서도 우리는 밥상을 마주하고 앉아 꾸역꾸역 밥을 입에 넣었다. 먹고 산다는 건 그렇게 구차하다.

"신랑 보고 살지 마라, 자식 보고 살아라. 나는 자식만 보고 산다."

나는 자식만 보고 살았다. 아이들 아버지이니 찾아갔고, 아이들 데리고 살아야겠으니 살았다. 여자는 그러나 끝내 자식만 보고 살지 못했다. 얼마 후 전화를 걸어 말했다.

"형님, 아무래도 전 못 살겠어요. 단 하루도 살 수가 없어요……. 도망가려고 해요. 남편을 만나면 죽을지도 모르니 자식도 평생 안 볼 각오로 떠납니다. 죄송해요. 형님은 부디 잘 사세요."

나 역시 남편과 함께 살 수 없었다. 마음은 수없이 헤어

지고 싶었지만, 헤어지는 게 쉽지 않았다. 집에서 쫓겨난 남편은 시누이 집에 가 있었다. 손위 시누이는 거의 매일 전화를 했다.

"남자가 실수를 할 수도 있지, 한 번만 용서해라."

"그래도 없는 것보다 있는 게 낫다. 애들 생각해서 용서해라."

아버지를 좋아하는 딸은 말했다.

"나중에 나 시집갈 때 누구 손잡고 들어가?"

고민하고 또 고민했다. 남편만 생각하면 죽을 때까지 얼굴 한 번 안 보고 살아도 됐다. 그러나 자식들 아버지였다.

남편이 집에서 나간 지 3개월 만에 집 근처 전철역에서 만났다. 차마 집으로 바로 들어오지는 못하겠다 해서 데리러 가서 보니, 완전 거지꼴을 하고 나타났다. 그렇게 남편은 다시 집으로 돌아왔다.

그 무렵, 나는 또 손가락 하나를 잃었다. 이번엔 믹서기에 마늘을 집어넣고 갈다 그만 손가락이 훽 돌아가버린 것이다. 살아도 내 정신으로 사는 세월이 아니었다.

그렇게 사는 동안 아이들은 다들 대학을 졸업했다. 들어가기 힘들다는 서울에 있는 명문 대학을 셋 다 줄줄이 들어갔다. 둘째와 셋째는 연년생이었다. 아이들이 대학에 합격할 때마다 사채를 빌려서 막았다. 둘째딸은 친구 엄마가 빌려주기도 했다.

셋이 다 대학을 다니니 등록금을 대는 게 만만찮았다. 막내인 아들은 대학에 입학하자마자 휴학하고 입대했다. 제대하고 돌아왔을 때는 큰딸은 졸업을 하고 회사에 취직을 한 후였다. 둘째딸은 대학 내내 아르바이트를 해서 제가 벌어서 학교를 다녔다.

돈 때문에 힘들어도 아이들 잘되는 걸 보면 좋았다. 남들처럼 잘해주지 못해 자식들에겐 미안했지만, 그래도 나는 최선을 다했다.

남편은 한 물류회사 관리직으로 취직했다. 일은 성실하게 하는 사람인만큼 회사에서도 신임을 얻었다. 그새 둘째딸은 결혼을 했고, 막내아들도 대기업에 취직했다. 이제 남부러울 것이 없이 산다고 생각했다.

그런데 남편이 또 바람이 났다. 이번에는 같은 회사에서 일하는 나이 든 여자. 그 여자에게 보낸다는 문자를 그만 둘째딸에게 보내는바람에 자식들이 먼저 알았다.

이번에는 아들이 나섰다. 어느 날, 아버지와 밖에서 술 한 잔 하면서 아들은 담판을 벌였다.

"아버지. 엄마는 평생 우리를 위해 살아왔습니다. 어떻게 한 번도 아니고 번번이 이러실 수 있으십니까. 이럴 수는 없지요. 그 여자가 그렇게 좋으면 아버지 다 줄 테니 갖고 나가십시오. 엄마와 우리 네 식구가 벌어서 먹고 살겠습니다. 그리고 우리를 다시는 볼 생각하지 마십시오. 우리와도 인연을 끊는 것입니다."

남편은 자식 앞에서 고개를 들지 못했다고 한다. 아들이 하는 말을 그대로 듣던 남편은 말했다.

"내 일주일만 말미를 줘라. 그럼 내가 정리하마. 미안하다."

남편은 그리고 일주일 후 아들에게 다시 말했다.

"용서해라. 아버지로서 아들에게 이런 말을 들으니 참

부끄럽다. 미안하다."

나는 모른 척했다. 이후 전화를 나가서 받고, 문자를 하는 것 같았지만 자식하고 약속을 했으니 지키겠지 싶었다.

남편은 잔기침이 잦았다. 담배를 워낙 많이 피웠다. 병원을 가라 해도 가지 않았다. 기침 소리가 점점 심상치 않았다. 동네병원에서 약을 지어 먹어도 쉽게 가라앉지 않았다. 결국 큰 병원으로 갔다. 폐렴인 줄 알았는데, 검사 결과 폐암 4기였다.

"방법이 없습니다. 암이 동맥에 붙어 있어요. 어떻게 손을 쓸 수가 없네요. 수술을 할 수 없어요. 그냥 그대로 계시다가……. "

병원에 가도 방법이 없었다. 그냥 그대로 죽기만을 기다려야 한단다. 60도 안 된 젊은 나이. 가기에는 너무 아까운 나이. 그래도 남편인데.

진단을 받고 함께 고향에 제사를 지내러 가는 길에 이런 저런 이야기를 나누었다. 중학교 단발머리 시절부터 만난,

최영남 씨는 일주일이 바쁘다. 이것저것 배우는 것이 많다.
댄스, 장구, 고전무용, 풍수지리, 민요. 배우는 것마다
다 재미있다. 남편 때문에 바람 잘 날 없었던 날에는
이런 날이 올지 몰랐다. 지금은 세상이 다 좋다.

내 세상에서는 하나밖에 없는 남자. 고운 정은 다 사라지고 몇 번의 외도 덕분에 내 마음에 미운 정만 남은 남자. 생각하면 남편이 다른 여자를 보기 전에는 얼마나 행복했나.

“당신은 당신 인생 후회하지 않아? 그렇게 살아온 것이.”

“나는 내가 살아온 것을 절대 후회하지 않는다. 나는 행복했다.”

나는 미안하다는 말 한 번은 할 줄 알았다. 그런데 아니었다. 남편은 행복했단다. 운전하던 나는 그대로 차를 박고 싶은 심정이었다. 그래도 한 번은 미안하다고 해야 하는 것 아닌가.

남편은 1년을 병치레하다 갔다. 6개월간은 산소통을 끼고 살았다. 병원에 오래 입원해 있었는데, 마지막에는 손바닥에 ‘집에 가고 싶다’라고 썼다.

남편이 가고 난 후 나는 막국숫집을 차렸다. 막국숫집은 잘됐다. 밥 먹을 시간도 없어 김밥을 사다 놓고 하나씩 먹으면서 일했다. 월 1억 매출을 찍을 정도였다.

혼자 하다 장사가 잘되자 아들이 거들었다. 아들은 일을 잘했다. 두세 사람 몫을 혼자 해냈다. 그래도 사람이 많아지자 일하는 아줌마 둘이 셋이 되고, 넷이 되다 나중에는 아홉 명까지 두고 일을 했다.

그러던 어느 날, 몸에 힘이 하나도 없었다. 몸살이 났나 싶어 병원에서 약도 지어 먹었지만 차도가 없자 영양제를 여러 번 맞았다. 영양제를 자꾸 맞다 보니 맞을 때 잠깐 기력을 차릴 뿐, 얼마 못 갔다. 큰 병원에 가도 몸살이라고 약만 지어 줬다.

몸이 좀처럼 나아질 기미가 보이지 않았다. 급기야 손이 배배 꼬였다. 내가 내 손을 어떻게 할 수가 없었다. 그제야 병원으로 달려가 검사를 했더니 폐석증이라고 했다. 양쪽 폐 아래가 모두 석회질로 덮여 있다고 했다.

한없이 눈물이 났다. 울고 또 울었다. 아들은 우는 나를 붙잡고 울면서 말했다.

"엄마, 왜 그렇게 우세요."

"내 인생이 불쌍해서 운다. 내 인생 같은 걸 봤냐. 이렇게 불쌍할 수가 있느냐 말이다. 이제 좀 살 만하다 싶은데 병에 걸려 죽게 생겼으니, 얼마나 불쌍하냐 말이다."

그랬다. 너무 불쌍했다. 자식들도 다 잘되고, 속 썩이던 남편도 없고, 장사도 잘되고. 그야말로 이젠 더 바랄 것이 없다고 생각했는데, 병에 걸리다니. 얼마나 억울한가.

병은 더 심해졌고, 약은 더 독해졌다. 손톱은 푸석푸석해서 만지면 가루가 됐다. 몸은 비쩍 말라서 뼈만 남았다. 종아리가 손목만 했다. 손가락은 구부릴 수 없었다. 그냥 죽을 날만 기다리는 신세나 다름없었다. 화장실도 혼자 가지 못했다.

그러다 어느 날 의사 선생님이 말했다.

"새로운 약을 써야겠어요. 근데 이 약은 쉽게 쓰는 약이 아니므로 환자 본인이 이 약을 쓰겠다고 허락하셔야 쓸 수 있습니다. 다른 장기가 다 건강해야 이 약을 쓸 수 있는데, 다행히 문제가 없으니 어떡하시겠어요?"

나는 약을 쓰겠다고 했다. 어차피 이렇게 있다 죽을 목숨. 이 약을 먹고 나서 죽으나 그냥 죽으나 마찬가지였다. 그래, 차라리 먹고라도 죽자.

3개월쯤 약을 먹은 후 몸에 변화가 일어났다. 머리카락이 많이 빠져 있었는데, 약을 먹는 동안 머리카락이 나고 눈썹도 났다. 심지어 수염도 났다. 그리고 손가락을 움직여 주먹을 쥘 수 있었다.

처음 27알을 먹었던 약은 한 개, 두 개, 세 개 줄이기 시작해 12개월 만에 약을 완전히 끊었다. 약을 끊고 3개월을 지켜보자는 의사 말을 듣고 불안해서 말했다.

"선생님, 그냥 계속 약 먹으면 안 될까요?"

약을 끊고 3개월이 되도록 병은 더 악화되지 않았다.

"이제 됐습니다. 완치되셨습니다. 이제 뭐든 드시고 싶은 거 잘 드시고, 건강하게 지내십시오."

난 또 울었다. 의사 선생님이 하나님 같았다. 너무 고마워 넥타이 하나 사들고 갔더니만 받으면 의사 생활 그만둬야 한다며 절대 받지 않았다. 그 고마움을 뭘로 표시하지 못한 게 지금도 안타깝기만 하다.

딸이 내 방에 화장품을 하나 갖다 놓는다. 영양크림을 다 썼네, 지나가는 말로 했더니만 그 말을 용케 알아듣고 챙겨 놓은 것이다. 딸은 내가 말을 하기 전에 내가 필요한 것이 무엇인지 갖다 놓았다. 계절마다 옷을 사대는 것도 딸들이고, 국내는 물론 해외여행도 딸들이 알아서 데리고 나간다. 주말이면 유명한 맛집이라고 일부러 데리고 간다.

막국숫집은 아들이 맡아서 하고 있다. 장사는 여전히 잘된다. 대기업을 다니는 것보다 저도 낫다고 한다. 그것이라도 물려줘서 참 다행이다 싶다.

공부할 때 공부를 하지 못해서 그런가, 지금 배우는 것은 다 재미있다. 월요일과 목요일은 건강 댄스, 수요일은 장구, 화요일과 목요일은 고전무용, 금요일은 풍수지리. 내 사는 용인에서 서울까지 가서 고전무용을 배우고 온다. 장구를 치다 보니 민요를 해야겠다 싶어 요즘은 민요도 배운다.

요양보호사 자격증도 땄는데, 배우는 사람 중에 내가 나이가 제일 많았다. 그래도 자격증을 따서 경험 삼아 치매 노인 한 분도 돌봤다. 돈도 벌고, 재미도 있었다.

“이제 엄마는 쉬세요.”

내가 조금 일을 하자 자식들이 펄쩍 뛰었다. 기회가 되면 또 할까 싶지만, 지금은 이렇게 하루가 가는 게 좋다. 세상에 내가 이렇게 살 날이 올 줄 알았는가. 이렇게 살아야 하는데, 젊은 시절 남편의 바람 때문에 제대로 못 살았다. 그래도 자식들이 있으니, 그 자식들 보고 살았다. 그리고 그 자식들이 하나같이 다 잘하니, 참 고맙고 좋다. 지금은 세상이 다 좋다.

*이 글은 최영남 씨의 구술을 받아 1인칭으로 정리한 것이다.

① **가장 아픈 기억은?**

큰딸 고1 때 드레스를 못해 준 것. 다른 아이들은 다 드레스 입고 연주하는데 딸만 교복을 입고 했다. 드레스 한 벌 값이 5만원. 남편은 담뱃값도 없다 했고, 나 역시 그 돈이 없었다.

② **가장 기뻤던 것은?**

아이들이 서슴없이 대학에 합격했을 때.

③ **자녀들에게 남기고 싶은 말은?**

내 인생은 이렇게 힘들고 슬펐지만, 그래도 너희들이 있어서 살았고, 너희들 때문에 행복했다. 고맙다.

지은이 임후남

중앙일보와 경향신문사 출판국, 웅진씽크빅 등에서 인터뷰 글을 쓰고, 책을 만들었다. 2018년부터 경기도 용인시 처인구 원삼면에서 시골책방 생각을담는집을 운영하고 있다. 그동안 펴낸 책으로는 『시골책방입니다』, 『아들과 클래식을 듣다』, 『아이와 여행하다 놀다 공부하다』, 『아들과 길을 걷다 제주올레』가 있고, 시집 『내 몸에 길 하나 생긴 후』가 있다.

살아갈수록 인생이 꽃처럼 피어나네요

초판 1쇄 2020년 10월 13일

지은이 임후남

펴낸곳 생각을담는집
디자인 nice age
일러스트 한송이
제작처 올인피앤비

주소 (17167) 경기도 용인시 처인구 원삼면 사암로 59-11
대표전화 070-8274-8587 팩스 031-321-8587
이메일 seangak@naver.com
블로그 https://blog.naver.com/seangak

ISBN 978-89-94981-79-6 03810

이 도서의 국립중앙도서관 출판예정도서목록(CIP)은 서지정보유통지원시스템 홈페이지(http://seoji.nl.go.kr)와 국가자료종합목록 구축시스템(http://kolis-net.nl.go.kr)에서 이용하실 수 있습니다. (CIP제어번호 : CIP2020031220)

생각을담는집은 다양한 생각을 담습니다. 출판 문의는 생각을담는집 블로그 및 이메일을 통해 가능합니다.

이 책은 한국문화예술위원회, 경기도, 경기문화재단, 용인시, 용인문화재단의 문예진흥기금을 지원받아 발간되었습니다.